Das eiserne Leichentuch

Horrorgeschichten von E. A. Poe bis Perceval Landon

Herausgegeben von Andreas Nohl

RECLAM
LEIPZIG

Besuchen Sie uns im Internet:
www.reclam.de

Reclam Bibliothek Leipzig, Band 20047
1. Auflage, 2003
Reihengestaltung: Gabriele Burde | Kurt Blank-Markard
Umschlaggestaltung: Gabriele Burde
unter Verwendung einer Fotografie der Bildagentur MAURITIUS
Gesetzt aus ITC Slimbach
Satz: Reclam Verlag Leipzig
Druck und Bindung: Reclam, Ditzingen
Printed in Germany
ISBN 3-379-20047-6

Inhalt

Edgar Allan Poe

Lebendig begraben

Es gibt gewisse Themen, die jeden faszinieren, die aber zu entsetzlich sind, als dass sie ein angemessener Gegenstand der erzählenden Literatur sein könnten. Zumal der belletristische Schriftsteller, will er nicht brüskieren oder abstoßen, muss sie tunlichst meiden. Gerechtfertigt ist ihre Behandlung nur, wenn der Ernst und die Würde der Wirklichkeit sie auszeichnen. Zum Beispiel ergreift uns der ›lustvollste Schauder‹, wenn wir vom Übergang über die Beresina, dem Erdbeben in Lissabon, von der Pest in London, der Bartholomäusnacht oder vom Ersticken der hundertdreiundzwanzig Gefangenen im Schwarzen Loch von Kalkutta hören. Doch bei diesen Berichten ist es das tatsächliche Geschehen – die Realität –, ist es das historische Moment, was unser Interesse erregt. Als Ausgeburten der Phantasie würden sie schlicht nur unseren Abscheu erregen.
Ich habe nur ein paar der berühmteren und Achtung gebietenden Unglücksfälle aus der Geschichte genannt; doch bei diesen ist es mehr das Ausmaß als das Wesen des Unglücks selbst, was unsere Phantasie so tief beeindruckt. Ich brauche den Leser nicht daran zu erinnern, dass ich aus dem langen und ungeheuren Katalog menschlichen Unglücks viele individuelle Beispiele hätte zitieren können, die diese umfassenden Katastrophen an tiefinnerer Not übertreffen. Das eigentliche Elend – der äußerste Schmerz – ist individuell, nicht allgemein. Dass die entsetzlichen Extreme der Qual vom Einzelwesen Mensch und nicht vom Massenwesen Mensch erlitten werden – dafür lasst uns einem erbarmungsvollen Schöpfer danken!
In lebendigem Zustand begraben zu werden, ist ohne Frage

die beängstigendste Erfahrung, die einem Sterblichen widerfahren kann. Dass sie oft, sehr oft durchlebt wurde, kann kaum jemand bestreiten, der des Denkens mächtig ist. Die Grenzen, die das Leben vom Tod scheiden, sind bestenfalls verschwommen und ungenau. Wer vermag festzustellen, wo das eine endet und das andere beginnt? Wir wissen von Krankheiten, in denen alle offensichtlichen Lebensfunktionen aussetzen, in denen aber dieser Zusammenbruch nur ein Schwebezustand ist, wie es treffend heißt. Es handelt sich dabei nur um vorübergehende Unterbrechungen in dem unbegreiflichen Mechanismus des Lebens. Eine gewisse Zeit verstreicht, und irgendein unbekanntes, mysteriöses Prinzip setzt die magischen Schwungfedern und Zahnräder wieder in Bewegung. Der Silberfaden war nicht für immer aus der Hand gegeben, noch die goldene Schale unwiederbringlich zerbrochen. Doch wo war in der Zwischenzeit die Seele?

Abgesehen von der unvermeidlichen Schlussfolgerung *a priori*, dass Ursachen Wirkungen haben – nämlich dass solche angehaltenen Lebensäußerungen zugestandenermaßen dann und wann zu vorzeitigen Bestattungen führen –, abgesehen davon belegt das direkte Zeugnis aus der Medizin und der Alltagserfahrung, dass eine enorme Zahl solcher Bestattungen in der Tat vorgenommen wurde. Ich könnte, wenn nötig, hundert gut dokumentierte Beispiele anführen. Ein besonders bemerkenswertes, dessen Umstände manchem meiner Leser vielleicht noch frisch in Erinnerung sind, trug sich vor gar nicht langer Zeit in der Nähe von Baltimore zu, wo es eine breite Öffentlichkeit in ebenso schmerzlichen wie heftigen Aufruhr versetzte. Die Gattin eines der angesehensten Bürger der Stadt – eines glänzenden Anwalts und Kongressabgeordneten –, wurde von einer plötzlichen und unerklärlichen Krankheit niedergestreckt, die ihre Ärzte vor ein Rätsel stellte. Nach schwerem Leiden starb sie oder starb vermeintlich. Niemand kam auf den Gedanken oder hatte Anlass zu der Vermutung, dass sie nicht wirklich tot war. Sie zeigte alle gewöhnlichen Erscheinungsmerkmale des Todes. Das

Gesicht nahm die übliche spitzige und eingesunkene Gestalt an. Die Lippen waren von der üblichen Marmorblässe, die Augen glanzlos. Die Wärme war von ihr gewichen, der Blutkreislauf zum Stillstand gekommen. Drei Tage lang lag der Körper aufgebahrt, und währenddessen wurde er starr wie ein Stein. Kurzum, das Begräbnis wurde wegen des schnell voranschreitenden Verfalls - oder was man dafür hielt - eilig vorgenommen.

Die Dame erhielt ihre letzte Ruhestätte in der Familiengruft, und in den darauf folgenden drei Jahren wurde sie nicht gestört. Nach Ablauf dieser Frist jedoch wurde die Gruft geöffnet, um einen Sarkophag einzustellen; - aber ach! welch grauenhafter Schock erwartete den Ehemann, der die Tür persönlich aufschloss. Als die Pforten nach außen schwangen, stürzte etwas Weißgewandetes klappernd in seine Arme. Es war das Skelett seiner Frau in dem noch unvermoderten Totenhemd.

Eine sorgfältige Untersuchung förderte zu Tage, dass sie zwei Tage nach ihrem Begräbnis wieder zum Leben erwacht war - dass sie sich im Sarg so gewunden hatte, dass dieser von seinem Sims oder Gestell gestürzt war, am Boden aufbrach und sie sich aus ihm befreien konnte. Eine mit Öl gefüllte Lampe, die in der Gruft vergessen worden war, fand man nun leer; vielleicht war das Öl aber auch verdunstet. Auf der obersten Stufe, die in die Entsetzenskammer hinunterführte, lag ein großes Stück des Sargs, mit dem sie offenbar gegen die Eisentür geschlagen hatte, um auf sich aufmerksam zu machen. Dabei war sie wahrscheinlich in Ohnmacht gefallen oder aus schierer Angst gestorben; und im Fallen hatte sich ihr Gewand in einem herausstehenden Eisen auf der Innenseite der Tür verhakt, so dass sie aufgefangen wurde und im Stehen verweste.

1810 gab es in Frankreich den Fall eines Begräbnisses bei lebendigem Leibe, dessen Begleitumstände allerdings die Ansicht vollauf bestätigen, dass die Wirklichkeit immer noch alle Erfindung in den Schatten stellt. Die Hauptperson der Geschichte war eine Mademoiselle Victorine Lafourcade, ein junges Mädchen aus vornehmer Familie, ebenso vermögend wie schön. Zu ihren zahlreichen Freiern gehörte auch Julien Bossuet, ein armer Literat beziehungsweise Journalist aus Paris. Seine Begabung und allgemeine Liebenswürdigkeit hatten ihn der Aufmerksamkeit der Erbin empfohlen, die ihn denn auch wirklich geliebt zu haben scheint; doch der Dünkel ihrer Abstammung ließ sie ihn schließlich abweisen und einen Monsieur Renelle ehelichen, einen Bankier und Diplomaten von gewissem Einfluss. Doch nach der Heirat vernachlässigte sie dieser Herr, oder genauer: er misshandelte sie. Nachdem sie mehrere unglückliche Jahre an seiner Seite zugebracht hatte, starb sie - zumindest glich ihr Zustand so sehr dem einer Toten, dass jeder, der sie sah, getäuscht wurde. Sie wurde begraben - nicht in einer Gruft -, sondern in einem gewöhnlichen Grab in ihrem Heimatdorf. Verzweifelt und immer noch von der Erinnerung an seine tiefe Zuneigung umgetrieben, reist der Liebende aus der Hauptstadt in die weit entfernte Provinz, wo das Dorf liegt, und zwar mit dem romantischen Vorsatz, ihren Leichnam auszugraben und sich ihrer prächtigen Locken zu bemächtigen. Er kommt ans Grab. Um Mitternacht legt er den Sarg frei, öffnet ihn, und in dem Augenblick, da er ihr die Haare abschneiden will, lässt ihn der Augenaufschlag der Geliebten innehalten. Die Dame war in der Tat lebendig begraben worden. Die Lebenskraft hatte sie noch nicht vollends verlassen; und die Zärtlichkeiten des Liebenden erweckten sie aus der Schlaffheit, die fälschlich als ihr Tod missdeutet worden war. Außer sich schleppte er sie zu seiner Unterkunft in der Stadt. Er wendete verschiedene Wiederbelebungsmittel an, die seine nicht unbeträchtlichen medizinischen Kenntnisse ihm eingaben. Schließlich kam sie wieder zu Leben. Sie erkannte ihren Retter. Sie blieb bei ihm, bis sie nach und nach völlig genesen war. Dieser letzte Beweis seiner Liebe genügte, ihr weibliches Herz, das keineswegs aus Stein war, zu erweichen. Sie schenkte es Bossuet. Sie kehrte nicht zu ihrem Mann zurück, sondern verheimlichte ihm ihre Auferstehung und floh mit dem, der sie liebte, nach Amerika. Zwanzig Jahre später kehrten die beiden nach Frankreich zurück, in der Überzeugung, dass sich mit der Zeit das Aussehen der Dame so sehr gewandelt hätte, dass ihre alten Freunde sie nicht mehr erkennen würden. Doch dies war ein Irrtum; denn bei der ersten Begegnung erkannte Monsieur Renelle sie sogleich und erhob Anspruch auf seine Frau. Sie weigerte sich, ihm zu folgen, und ein Gericht bestärkte sie in ihrer Weigerung, indem es entschied, dass nach den besonderen Umständen und der langen Reihe von Jahren die Ansprüche des Ehemanns nicht nur bar jeder sittlichen, sondern auch jeder rechtlichen Grundlage seien.

Das *Leipziger Chirurgische Journal* – übrigens täten amerikanische Verleger gut daran, diese ebenso angesehene wie verdienstvolle Zeitschrift zu übersetzen und nachzudrucken – berichtet in einer der jüngsten Ausgaben von einem bestürzenden Vorfall der hier besprochenen Art.

Ein Artillerieoffizier, ein Mann von hünenhafter Statur und robuster Gesundheit, wurde von einem unbändigen Pferd abgeworfen und erlitt eine so ernste Kopfverletzung, dass er auf der Stelle das Bewusstsein verlor. Der Schädel zeigte eine leichte Fraktur, aber keine akute Gefahr stand zu befürchten. Die Trepanation verlief erfolgreich. Man ließ ihn zur Ader und wendete noch viele andere der üblichen Heilmaßnahmen an. Doch nach und nach versank er immer hoffnungsloser im Koma, und schließlich hielt man ihn für tot.

Das Wetter war warm, und er wurde mit pietätloser Eile in einem der öffentlichen Friedhöfe beigesetzt. Sein Begräbnis fand an einem Donnerstag statt. Am darauf folgenden Sonntag war der Friedhof wie üblich von Besuchern überlaufen. Und etwa gegen Mittag erregte ein Landarbeiter eine nicht geringe Sensation, als er erklärte, dass er auf dem Grab des Offiziers, wo er sich niedergelassen hatte, eine heftige Bewegung in der Erde verspürt habe. Zunächst wurde den Beteuerungen des Mannes nicht viel Bedeutung beigemessen, doch der unübersehbare Schock und die starrsinnige Hartnäckigkeit, mit der er auf seiner Geschichte beharrte, verfehlten auf

Dauer nicht ihre Wirkung. Rasch wurden Schaufeln herbeigeschafft und das beschämend flache Grab in wenigen Minuten so weit aufgegraben, dass der Kopf des darin Liegenden auftauchte. Er war offenbar tot jetzt, aber er saß nahezu aufrecht in seinem Sarg, dessen Deckel er in seiner übermenschlichen Anstrengung teilweise hochgedrückt hatte.
Er wurde sofort ins nächste Hospital überbracht, wo man ihn zwar als scheintot, aber noch lebend diagnostizierte. Nach einigen Stunden kehrte er zum Leben zurück, erkannte einzelne Gesichter und sprach in gebrochenen Sätzen von seiner panischen Todesangst im Grab.
Seinen Äußerungen ließ sich entnehmen, dass er länger als eine Stunde wach unter der Erde verbracht hatte, bevor er wieder das Bewusstsein verlor. Das Grab war achtlos und nur lose mit stark durchlässigem Erdreich gefüllt worden, so dass etwas Luft zu ihm drang. Er hörte die Schritte der Menschen über sich und versuchte, sich seinerseits bemerkbar zu machen. Es war der Aufruhr auf dem Friedhof, sagte er, der ihn offenbar aus einem tiefen Schlaf riss –, doch sowie er erwacht war, wurde ihm der grauenerregende Schrecken seiner Lage bewusst.
Dieser Patient, so wird berichtet, machte gute Fortschritte und schien auf dem besten Wege der Genesung, als er der Quacksalberei eines medizinischen Experiments zum Opfer fiel. Die galvanische Batterie wurde angeschlossen, und plötzlich starb er an einem jener ekstatischen Krämpfe, die sich gelegentlich einstellen.
Die galvanische Batterie erinnert mich übrigens an einen ebenso bekannten wie außergewöhnlichen Fall, wo mit ihrer Hilfe ein junger Londoner Anwalt wieder zum Leben erweckt wurde, der bereits zwei Tage lang unter der Erde gelegen hatte. Dies geschah 1831 und sorgte damals für beträchtliche Aufregung überall, wo es zum Gesprächsgegenstand wurde.
Der Patient, Mr. Edward Stapleton, war scheinbar an Typhus gestorben, begleitet von einigen abweichenden Symptomen, die die Neugier der Ärzte erregte. Nach seinem scheinbaren

Hinscheiden bat man seine Freunde um die Erlaubnis einer Obduktion, erhielt sie aber nicht. Wie es häufig mit solchen Weigerungen zu gehen pflegt, kamen die Ärzte überein, den Leichnam wieder auszugraben und insgeheim in aller Ruhe zu sezieren. Mit einer der zahlreichen Leichenräuberbanden, mit denen London im Übermaß gesegnet ist, wurden mühelos Vereinbarungen getroffen, und in der dritten Nacht nach dem Begräbnis wurde der Leichnam aus seinem acht Fuß tiefen Grab befreit und im Operationszimmer einer Privatklinik abgeliefert.

Ein erster Schnitt im Abdomen von nicht geringer Tiefe war bereits ausgeführt, als das frische und keineswegs verfallene Aussehen des Körpers die Anwendung der Batterie nahe legte. Ein Experiment folgte auf das nächste, doch nur die üblichen Wirkungen stellten sich ein, ohne weitere Besonderheit, abgesehen von ein oder zwei Momenten, in denen die Zuckungen eine größere Lebensähnlichkeit annahmen.

Es wurde spät. Der Tag dämmerte heran, und man hielt es für ratsam, die Obduktion endlich zu Ende zu führen. Ein Student jedoch wollte unbedingt eine eigene Theorie überprüfen und bestand darauf, die Batterie an einen der Brustmuskeln anzuschließen. Ein hastiger Schnitt wurde ausgeführt und ein Kabel eilig in Kontakt gebracht, als der Patient mit einer schnellen, aber keineswegs krampfartigen Bewegung vom Tisch aufstand, in die Mitte des Raums ging, sich ein paar Sekunden verstört umsah und dann – zu reden begann. Was er sagte, war nicht zu verstehen, doch waren es Worte mit deutlich unterschiedenen Silben. Nachdem er gesprochen hatte, stürzte er zu Boden.

Einige Augenblicke lang waren alle vor Entsetzen gelähmt – doch die Dringlichkeit des Falls ließ sie bald ihre Geistesgegenwart wiederfinden. Es war nun klar, dass Mr. Stapleton noch lebte, auch wenn er in Ohnmacht lag. Nach Verabreichung von Äther fand er ins Leben zurück und wurde bald wiederhergestellt. Das Erstaunen seiner Freunde – vor denen freilich seine Wiederbelebung geheim gehalten wurde, bis ein Rückfall

nicht mehr zu befürchten war –, ihre lautstarke Verwunderung lässt sich vorstellen.
Am interessantesten an diesem Vorfall ist aber, was Mr. S. selbst zu Protokoll gab. Er erklärt, dass er in keinem Moment ganz ohne Bewusstsein gewesen sei – dass er, zwar benommen und verwirrt, alles mitbekommen habe, was ihm widerfuhr, von dem Augenblick an, da er von seinen Ärzten für *tot* erklärt wurde bis zu dem, als er in der Klinik ohnmächtig zu Boden fiel. »Ich lebe«, waren die unverständlichen Worte, die er, als er den Obduktionsraum erkannte, in seiner höchsten Not zu stammeln versuchte.
Es wäre ein Leichtes, weitere Geschichten wie diese aufzuführen – aber ich werde mich hüten –, denn es bedarf ihrer nicht, um die Tatsache zu belegen, dass vorzeitige Begräbnisse vorkommen. Wenn wir bedenken, wie selten es in solchen Fällen in unserer Macht liegt, sie aufzudecken, müssen wir einräumen, dass sie *oft* vorkommen können, ohne dass wir davon Kenntnis haben. In Wahrheit wird kaum je ein Friedhof – zu welchem Zweck und in welchem Umfang auch immer – aufgelassen, ohne dass Skelette in Stellungen gefunden werden, die das Entsetzlichste befürchten lassen.
Entsetzliche Befürchtung, in der Tat – doch entsetzlicher noch das Schicksal! Ohne Zögern können wir versichern, dass *kein* Ereignis so sehr das Äußerste an körperlicher und seelischer Qual hervorzubringen vermag wie ein Begräbnis vor dem Tod. Die unerträgliche Beengung der Lungen – die erstickenden Dünste der feuchten Erde – das klamme Totenhemd – die harte Umklammerung des engen Gehäuses – die Schwärze der undurchdringlichen Nacht – die wie ein Meer alles überwältigende Stille – die unsichtbare, aber spürbare Gegenwart der belagernden Würmer – diese Dinge zusammen mit Gedanken an die Luft und das Gras dort oben, mit Erinnerungen an liebe Freunde, die unverzüglich zu unserer Rettung herbeieilen würden, wenn sie von unserem Los wüssten, und mit dem Bewusstsein, dass sie *nie* davon erfahren werden – dass unser hoffnungsloses Geschick das der wirklich Toten ist – diese Ge-

danken, sage ich, erfüllen unser Herz, das noch schlägt, mit einem so entsetzlichen und unerträglichen Grauen, dass die kühnste Einbildungskraft davor zurückschreckt. Wir kennen auf der Erde nichts Qualvolleres – wir können uns in der tiefsten Hölle keine halb so abgefeimte Marter ausmalen. Und daher begegnet allen Berichten über dieses Thema ein so großes Interesse; ein Interesse freilich, das durch die heilige Scheu, die das Thema selbst uns einflößt, sehr zu Recht und in besonderer Weise von unserer Überzeugung abhängt, dass es die *Wahrheit* ist, die da berichtet wird. Was ich nun erzählen will, gründet auf eigenem Erleben – auf meiner zuverlässigen und persönlichen Erfahrung.

Mehrere Jahre lang litt ich an Anfällen jener Störung, die die Ärzte, in Ermangelung eines treffenderen Begriffs, übereinkommend Katalepsie nennen. Obgleich die unmittelbar auslösenden wie die konstitutionellen Gründe und auch die eigentliche Diagnose der Erkrankung immer noch im Dunkeln liegen, ist ihr Erscheinungsbild hinreichend bekannt. Es scheint nur leicht zu variieren. Manchmal liegt der Patient nur einen Tag oder noch kürzere Zeit in einer Art übersteigerter Lethargie. Er ist nicht bei Bewusstsein und äußerlich regungslos; doch die Herztätigkeit ist noch schwach wahrnehmbar; ein bisschen Körperwärme bleibt erhalten; ein leichter Farbschimmer tönt das Zentrum der Wangen; und wenn man einen Spiegel vor die Lippen hält, erkennt man einen schwachen, ungleichmäßig flackernden Atem. Dann wieder kann die Starre wochenlang anhalten – sogar Monate, wobei die sorgfältigste Untersuchung und die genauesten medizinischen Tests keinen Unterschied zwischen dem Zustand des Kranken und dem des klinischen Tods feststellen können. Meist wird er vor einem vorzeitigen Begräbnis nur durch den Umstand gerettet, dass seine Angehörigen von vorhergegangenen kataleptischen Anfällen wissen und hier nun das Gleiche vermuten, und vor allem dadurch, dass er nicht verwest. Die Krankheit schreitet zum Glück nur langsam fort. Die ersten Äußerungen sind ebenso deutlich wie unverkennbar. Die

Anfälle werden mit der Zeit heftiger und dauern immer länger. Darin liegt der Hauptschutz vor einer Bestattung. Der Unglückliche, dessen *erster* Anfall schon ausgeprägte Züge trägt, wie es manchmal vorkommt, ist fast unvermeidlich dazu verurteilt, lebendig ins Grab gelegt zu werden.

Mein eigener Fall unterschied sich in nichts Besonderem von denen, die in der medizinischen Literatur beschrieben werden. Manchmal sank ich ohne ersichtlichen Grund in einen Zustand halber Besinnungslosigkeit oder Ohnmacht, in dem ich verharrte, ohne Schmerzen und ohne mich rühren oder auch nur denken zu können, nur mit einem dumpfen Gefühl des Lebens und der Anwesenheit derer, die um mein Bett standen, bis ich von der Krisis des Anfalls ganz plötzlich zu vollem Bewusstsein erwachte. Zu anderen Zeiten erwischte es mich jäh und heftig. Mir wurde übel, begleitet von Benommenheit, Frösteln und Schwindelgefühlen, dann brach ich mit einem Schlag zusammen. Wochenlang war alles leer und schwarz und stumm, das Nichts meine Welt. Völlige Auflösung hätte nicht schlimmer sein können. Von diesen letzteren Anfällen, so plötzlich sie kamen, erwachte ich jedoch vergleichsweise langsam. Gerade so wie dem einsamen Bettler, der in einer langen Winternacht ohne Quartier durch die Straßen irrt, das Heraufdämmern des Tages erscheint, genauso schleppend, so matt und auch so beglückend kehrte das Licht in meine Seele zurück.

Doch abgesehen von der Neigung zur Starrsucht erfreute ich mich insgesamt bester Gesundheit, und ich fühlte mich von dieser einen einzigen Krankheit nicht im Mindesten eingeschränkt – es sei denn, man wollte eine Absonderlichkeit in meinem *Schlafverhalten* darauf zurückführen. Ich war nie, wenn ich aufwachte, sofort im Vollbesitz meiner Sinne, sondern blieb minutenlang verwirrt und desorientiert – die allgemeinen Bewusstseinsvorgänge, aber insbesondere das Erinnerungsvermögen waren vollkommen ausgeschaltet.

Bei alledem empfand ich keine körperliche, sondern eine unendliche seelische Bedrückung. Meine Einbildungskraft erlag dem Grab. Ich faselte nur mehr von »Würmern, Gräbern und Grabinschriften«. Ich verlor mich in Todesphantasien, und die Vorstellung, vorzeitig begraben zu sein, ließ meine Gedanken nicht mehr los. Die grausige Gefahr, der ich ausgesetzt war, verfolgte mich Tag und Nacht. Tagsüber marterten mich meine Gedanken exzessiv - nachts noch schlimmer. Wenn der grimmige Schrecken der Dunkelheit sich über die Erde ausbreitete, dann zitterte ich mit allen Fasern meines Bewusstseins - wie die schwankenden Federbüsche auf dem Leichenwagen. Wenn die Natur dem Wachsein Grenzen setzte, so ergab ich mich nur nach langem Widerstand dem Schlaf - denn mir schauderte bei dem Gedanken, dass ich mich beim Erwachen in einem Grab wiederfinden könnte. Und wenn ich dann schließlich einschlief, so nur, um sogleich in Nachtmahre abzugleiten, über denen die ausgebreiteten, düsteren Schwingen der Grabesharpyie ihre Herrschaft ausübten.

Von den zahllosen Bildern des Grauens, die mich im Traum heimsuchten, möchte ich hier nur eines wiedergeben. Mir schien, ich sei in einen kataleptischen Anfall von größerer Dauer und Tiefe als gewöhnlich gesunken. Plötzlich berührte mich eine eisige Hand an der Stirn, und eine ungeduldige Stimme schnatterte mir flüsternd ins Ohr: »Steh auf!«

Ich setzte mich aufrecht. Es war vollkommen dunkel. Ich konnte die Gestalt dessen, der mich erweckt hatte, nicht sehen. Ich konnte mir weder die Zeit, in der ich in Trance gefallen war, noch den Ort in Erinnerung rufen, wo ich nun lag. Während ich regungslos verharrte und mir alle Mühe gab, meine Gedanken zu sammeln, packte die kalte Hand mit Gewalt mein Handgelenk, schüttelte es heftig, und die Stimme schnatterte erneut:

»Steh auf! Habe ich dich nicht gebeten, aufzustehen?«

»Und wer«, fragte ich, »bist du?«

»In dem Reich, das ich bewohne, habe ich keinen Namen«, antwortete er in klagendem Ton, »ich war sterblich und bin ein Dämon aus der Unterwelt. Ich kannte keine Gnade, doch jetzt habe ich Erbarmen. Du fühlst, dass ich zittere. Meine Zähne

klappern beim Sprechen, doch nicht wegen der Kälte der Nacht - der endlosen Nacht. Doch ich halte dieses Entsetzen nicht aus. Wie kannst *du* ruhig schlafen? Der Schrei dieser großen Todesqualen lässt mich nicht mehr zur Ruhe kommen. Dieser Anblick ist mehr, als ich ertragen kann. Stehe auf! Komm mit mir in die Nacht hinaus, ich will dir die Gräber zeigen. Ist es nicht ein Bild des Jammers? - Sieh nur!«
Ich schaute mich um; und die unsichtbare Gestalt, die immer noch an meinem Handgelenk zog, hatte bewirkt, dass die Gräber der gesamten Menschheit geöffnet wurden; und in allen leuchtete das phosphoreszierende Licht der Verwesung; so dass ich Einblick in jeden Winkel hatte und dort die umhüllten Leichname in ihrem traurigen Beilager mit den Würmern sah. Doch, ach!, die tatsächlich Ruhenden waren in der Minderheit, und zwar um viele Millionen, gegenüber denen, die keineswegs ruhten. Es gab ein schwaches Zucken und Zagen. Es gab ein allgemeines trauriges Aufbegehren. Und in der Tiefe der zahllosen Gruben raschelten trostlos die Kleider der Begrabenen. Und selbst bei denen, die friedlich zu ruhen schienen, sah ich eine große Anzahl, welche die starre und unbequeme Position, in der sie ursprünglich begraben worden waren, mehr oder weniger verlassen hatte. Und die Stimme sprach erneut zu mir, während ich staunend um mich blickte:
»Ist es nicht - ach, ist es nicht ein erbarmungswürdiger Anblick?« Doch bevor ich antworten konnte, hatte die Gestalt mein Handgelenk losgelassen, die phosphoreszierenden Lichter verschwanden und die Gräber wurden mit plötzlicher Gewalt geschlossen, während ein wildes Durcheinander verzweifelter Schreie aus ihnen hervorbrach, die wiederholten:
»Ist es nicht, oh Gott!, ist es nicht ein herzzerreißender Anblick?«
Phantasien wie diese, die mich in der Nacht heimsuchten, behielten ihre quälende Wirkung bis weit in meinen Tag hinein. Meine Nerven wurden zerrüttet, und ich befand mich in einem unausgesetzten Zustand der Angst. Ich wagte nicht mehr zu

reiten oder auszugehen oder irgendeiner Beschäftigung nachzugehen, die mich von zu Hause entfernte. Tatsächlich umgab ich mich nur noch mit denen, die von meiner Neigung zur Katalepsie wussten, um sicherzustellen, dass ich, wenn ich einen meiner üblichen Anfälle hatte, nicht begraben wurde, bevor mein wirklicher Zustand erkannt worden war. Ich misstraute der Sorgfalt und Verlässlichkeit meiner nächsten Freunde. Ich fürchtete, dass sie sich überreden lassen könnten, eine Trance, die länger als gewöhnlich dauerte, schließlich doch für unheilbar anzusehen. Ich ging sogar so weit zu fürchten, sie würden, da ich ihnen so viel Mühe bereitete, einen extrem lang anhaltenden Anfall als willkommene Gelegenheit benutzen, um mich loszuwerden. Umsonst versuchten sie mich mit den feierlichsten Versprechungen zu beruhigen. Ich verlangte die heiligsten Schwüre, dass sie mich unter keinen Umständen beerdigen würden, bevor nicht die Verwesung so weit fortgeschritten war, dass eine weitere Erhaltung meines Körpers unmöglich erscheinen musste. Und selbst dann war ich in meiner Angstbesessenheit jeder Vernunft, jedem Trost unzugänglich. Ich nahm nun eine Reihe höchst sinnreicher Vorsichtsmaßnahmen vor. Unter anderem ließ ich die Familiengruft so umbauen, dass sie sich von innen leicht öffnen ließ. Der geringste Druck auf einen langen Hebel, der tief in die Gruft reichte, würde die Eisentüren aufspringen lassen. Auch gab es Vorrichtungen für eine freie Zufuhr von Luft und Licht und bequeme Behältnisse für Nahrung und Wasser in Reichweite des Sargs, der mich aufnehmen sollte. Dieser Sarg war warm und weich ausgekleidet und mit einem Deckel versehen, der dem gleichen Mechanismus folgte wie die Grufttür, mit zusätzlich eingebauten Federn, die ihn bei der geringsten Bewegung des Körpers in Gang setzen würden. Zu alledem war an der Decke der Gruft eine Glocke aufgehängt, deren Seil durch ein Loch in den Sarg reichen und dort an der Hand des Leichnams festgebunden werden sollte. Doch, ach!, was vermag die Vorsicht gegen das Schicksal des Menschen? Nicht einmal diese ausgeklügelten Sicherheitsmaßnahmen genügten, um den Elenden

vor den grässlichen Qualen des lebendig Begrabenseins zu schützen, der sie zu erleben verurteilt war!
Es kam eine Zeit, in der ich wie schon oft zuvor aus der totalen Bewusstlosigkeit zu einer ersten schwachen und unbestimmten Wahrnehmung der Existenz emportauchte. Allmählich - mit an Schildkröten gemahnender Langsamkeit - dämmerte fahlgrau der Tag meiner Seele herauf. Ein stumpfes Unwohlsein. Ein apathisches Empfinden dumpfer Schmerzen. Keine Hilfe - keine Hoffnung - kein Bemühen. Dann, nach langem Warten, ein Klingeln in den Ohren; dann, nach noch längerer Zeit, ein Prickeln und Kribbeln in den Gliedern; dann fast eine Ewigkeit angenehmen Ruhens, währenddessen die erwachenden Gefühle sich ihren Weg ins Bewusstsein bahnen; dann ein kurzes Zurücksinken ins Nichtsein; dann ein plötzliches Wiedererwachen. Zuletzt ein leises Zittern des Augenlids, und gleich darauf eine tödliche und unendliche Angst wie ein Elektroschock, die das Blut mit reißender Gewalt von den Schläfen zum Herzen schickt. Und jetzt der erste Versuch, einen Gedanken zu fassen. Und jetzt das erste Bemühen, sich zu erinnern. Und jetzt ein kleiner Erfolg, der nicht von Dauer ist. Und jetzt hat die Erinnerung so weit die Oberhand gewonnen, dass ich in gewissem Maß meine Lage erkenne. Ich merke, dass ich nicht einfach aus dem Schlaf erwacht bin. Es fällt mir ein, dass ich einen kataleptischen Anfall hatte. Und jetzt, schließlich, wird mein Bewusstsein wie durch eine Meeresbrandung von der einen grässlichen Gefahr überwältigt - von der einen gespenstischen und alles beherrschenden Vorstellung.
Einige Minuten lang, nachdem mich diese Phantasie gefangen genommen hatte, blieb ich regungslos. Und warum? Ich hatte nicht den Mut, mich zu bewegen. Ich wagte nicht, mich von meinem Schicksal zu überzeugen - und doch flüsterte etwas in meinem Herzen mir zu, dass *es gewiss sei*. Nur die Verzweiflung - wie keine andere Art des Elends sie kennt -, nur sie brachte mich dazu, nach langer Unentschiedenheit, die schweren Augenlider zu heben. Ich öffnete sie. Es war dunkel -

vollkommen dunkel. Ich wusste, dass der Anfall vorüber war. Ich wusste, dass die Krise meiner Krankheit längst hinter mir lag. Ich wusste, dass ich wieder im Vollbesitz meiner Sehfähigkeit war – und doch herrschte Dunkelheit – die undurchdringliche und äußerste Lichtlosigkeit der Nacht, die für immer anhält.
Ich wollte schreien; und meine Lippen und meine trockene Zunge krampften sich zusammen bei dem Versuch – doch kein Laut löste sich aus den Lungenkavernen, die bei jedem mühsamen und erkämpften Einatmen wie unter der Last eines Berges ächzten und mit dem Herzen rasten.
Bei diesem Versuch, laut zu schreien, zeigte mir die Bewegung der Kiefer, dass sie hochgebunden waren, wie man es bei Toten gewöhnlich macht. Ich fühlte auch, dass ich auf etwas Hartem lag; und irgendetwas engte mich auch an den Seiten ein. Bisher hatte ich noch nicht versucht, meine Glieder zu bewegen – doch jetzt riss ich mit aller Gewalt meine Arme, die mit gekreuzten Händen ausgestreckt lagen, nach oben. Sie stießen gegen eine feste hölzerne Fläche, die sich nicht höher als fünfzehn Zentimeter über meinem Gesicht befand. Ich konnte nicht länger daran zweifeln, dass ich schließlich doch in einem Sarg gelandet war.
Doch da, inmitten all meiner grenzenlosen Qualen, kam der süße Engel Hoffnung – denn ich dachte an meine Vorsichtsmaßnahmen. Ich wand mich und unternahm krampfhafte Bemühungen, den Deckel aufzustemmen: Er bewegte sich nicht. Ich tastete an meinen Handgelenken nach dem Glockenseil: Es war nicht zu finden. Und jetzt floh der Tröster für immer, und eine noch düsterere Verzweiflung nahm triumphierend Besitz von mir; denn ich musste erkennen, dass auch die Polsterung fehlte, die ich so sorgfältig vorbereitet hatte – und dann drang auch der unverwechselbare Geruch feuchter Erde an meine Nase. Die Schlussfolgerung war unausweichlich. Ich befand mich *nicht* in der Gruft. Ich war außerhalb von zu Hause in Trance gefallen, unter Fremden – wann oder wie, war mir nicht erinnerlich –, und die hatten mich wie einen Hund begraben,

irgendeinen gewöhnlichen Sarg über mir zugenagelt und mich dann tief, tief und auf ewig in irgendein gewöhnliches, namenloses *Grab* versenkt.

Als diese entsetzliche Gewissheit sich in den innersten Winkeln meiner Seele ausbreitete, versuchte ich noch einmal laut zu schreien. Und dieses Mal gelang es mir. Ein langer, wilder Schrei der Todesangst gellte durch die Gefilde der unterirdischen Nacht.

»Hallo! Hallo, da drin!«, antwortete eine mürrische Stimme.

»Was, zum Teufel, ist denn jetzt los?«, fragte eine zweite.

»Kommen Sie raus!«, sagte eine dritte.

»Was soll denn das, hier so herumzuschreien wie am Spieß?«, sagte eine vierte. Und daraufhin wurde ich ohne viel Aufhebens von einer Gruppe rauher Burschen ergriffen und mehrere Minuten lang geschüttelt. Sie holten mich nicht aus dem Schlaf, denn ich war ja hellwach gewesen, als ich schrie, aber sie brachten mich in den Vollbesitz meiner Erinnerungskraft.

Dieses Abenteuer widerfuhr mir in der Nähe von Richmond in Virginia. In Begleitung eines Freundes war ich auf die Jagd gegangen, ein paar Meilen am James River entlang. Der Abend zog herauf, und wir wurden von einem Gewitter überrascht. Die Kabine einer kleinen Schaluppe, die im Strom vor Anker lag und mit Gartenerde beladen war, bot uns den einzigen Unterschlupf. Wir machten das Beste aus der Situation und verbrachten die Nacht an Bord. Ich schlief in einer der beiden Kojen auf dem Schiff – und die Kojen auf einer Schaluppe von sechzig oder siebzig Tonnen muss man nicht eigens beschreiben. Diejenige, in die ich stieg, war ohne das geringste Bettzeug. Sie maß nicht mehr als anderthalb Fuß in der Breite. Die Entfernung von der Liegefläche zur Decke über dem Kopf war exakt die gleiche. Ich fand es überaus schwierig, mich hineinzuzwängen. Nichtsdestoweniger schlief ich tief; und meine ganze Vision – denn es war weder Traum noch Albtraum – entstand folgerichtig aus den Umständen meiner Lage, aus der gewohnten Richtung meiner Gedanken und aus meinen oben erwähnten Schwierigkeiten, nach dem Schlaf

wieder meiner Sinne Herr zu werden. Die Männer, die mich schüttelten, waren die Besatzung der Schaluppe nebst einiger Arbeiter, die beim Entladen helfen sollten. Der erdige Geruch stammte von der Ladung selbst. Die Bandage um das Kinn war ein Seidentaschentuch, das ich mir in Ermangelung meiner Nachtmütze umgebunden hatte.
Die erlittenen Qualen waren jedoch unzweifelhaft denen sehr ähnlich, die ein lebendig Begrabener erduldet. Sie waren schrecklich - unvorstellbar grauenhaft -, doch aus dem Übel erwuchs Gutes, denn ihr schieres Übermaß erregte meinem Geist einen unübersteigbaren Widerwillen. Meine Seele ermunterte und kräftigte sich. Ich ging auf Reisen. Ich trainierte meinen Körper. Ich atmete unter freiem Himmel. Ich dachte an andere Dinge als den Tod. Ich warf meine medizinischen Bücher weg. »Buchan« verbrannte ich. Ich las keine »Nachtgedanken« mehr, keinen Schmus über Friedhöfe, keine Schimären *so wie diese hier*. Kurzum, ich wurde ein neuer Mensch und lebte das Leben eines Mannes. Von dieser denkwürdigen Nacht an hatte ich keine Grabesahnungen mehr, und mit ihnen verging auch die kataleptische Störung, von der jene vielleicht weniger die Folge, als vielmehr die Ursache waren.
Es gibt Augenblicke, in denen selbst dem nüchternen Auge der Vernunft unsere traurige Menschenwelt der Hölle gleicht - doch die Vorstellungskraft des Menschen ist keine Carathis, [Mutter des Kalifen Vathek, nach der Erzählung *Vathek* (1786) von William Beckford] um ungestraft die eigenen Abgründe zu erforschen. Ach! Die scheußliche Legion der Grabesschrecken ist leider keine Ausgeburt der Phantasie - doch wie die Dämonen, die Afrasiab auf seiner Fahrt den Oxus hinab begleiteten, müssen sie schlafen, oder sie werden uns verschlingen - wir dürfen sie nicht wecken, sonst gehen wir zu Grunde.

Ambrose Bierce

Das verbarrikadierte Fenster

Um 1830 war wenige Meilen von dem Ort entfernt, der heute die Großstadt Cincinnati ist, ein riesiger fast unberührter Urwald. Das ganze Gebiet war dünn von Grenzern besiedelt; das waren rastlose Geister, die, kaum dass sie einigermaßen bewohnbare Behausungen aus der Wildnis herausgeschlagen und einen gewissen Lebensstandard erreicht hatten, den wir heute immer noch als dürftig bezeichnen würden, mit einem Mal getrieben wurden, alles liegen und stehen zu lassen und weiter nach Westen vorzustoßen, wo sie neuen Gefahren und Entbehrungen begegnen würden bei ihrem Bemühen, den kargen Wohlstand wiederzuerlangen, den sie freiwillig aufgegeben hatten.

Viele hatten die Gegend bereits verlassen, um entferntere Siedlungsplätze aufzusuchen. Unter denen, die blieben, war ein Mann, der als einer der Ersten gekommen war. Er wohnte allein in einem Blockhaus, das rings von dem großen Wald um-geben war; der Mann schien ein Teil der schweigsamen Waldesdüsternis zu sein; niemand hat ihn je lächeln sehen oder ein unnötiges Wort sagen hören. Seine einfachen Bedürfnisse befriedigte er durch den Verkauf oder Tausch von Fellen wilder Tiere in der Stadt am Fluss; er selber baute nichts an auf dem Stück Land, das er notfalls als sein unbestreitbares Eigentum hätte beanspruchen können. Es gab Spuren von »Kultivierung«: Dicht beim Haus waren einstmals ein paar Morgen Ackerland gerodet worden. Aber die verwitterten Baumstümpfe waren schon halb von neuem Wachstum überwuchert, dem es überlassen war, die von der Axt geschlagene Verheerung zu heilen. Offenbar hatte die Begeisterung des Mannes für den Landbau mit immer schwächerer

Flamme gebrannt und war in der Asche der Bußfertigkeit erloschen.

Das kleine Blockhaus mit dem Schornstein aus Stöcken und dem Dach aus krummen Schindeln, die von quer gelegten Brettern beschwert waren, und mit seinem »Verputz« von Lehm hatte eine einzige Tür und, genau gegenüber, ein Fenster. Das Fenster war zugenagelt - niemand konnte sich erinnern, dass es je anders gewesen war. Und niemand wusste, warum es dicht gemacht war. Gewiss nicht, weil der Bewohner etwas gegen Licht und Luft gehabt hätte. Denn die seltenen Male, dass ein Jäger an der einsamen Hütte vorbeikam, sah man den Einsiedler meistens auf der Schwelle sitzen und sich sonnen - sofern der Himmel ihm Sonnenschein zukommen ließ. Ich glaube, es leben nur noch wenige Menschen, die das Geheimnis des Fensters kennen. Einer von ihnen bin ich, wie Sie sehen werden.

Der Name des Mannes soll Murlock gewesen sein. Er sah aus wie siebzig, war aber erst um die fünfzig herum. Etwas anderes als bloß die Lebensjahre hatte bewirkt, dass er so gealtert war. Sein Haar und sein langer dichter Bart waren weiß, seine grauen glanzlosen Augen lagen in tiefen Höhlen, sein Gesicht war seltsam zerfurcht von Runzeln, die sich aus zwei Richtungen zu kreuzen schienen. Er war hoch gewachsen, hager, vornübergebeugt - ein Mann mit einer Bürde. Ich selber habe ihn nie gesehen; diese Einzelheiten hörte ich von meinem Großvater; von ihm weiß ich die Geschichte des Mannes. Der Großvater hatte ihn gekannt, als er in jener frühen Zeit dort in der Nähe lebte.

Eines Tages wurde Murlock tot in seiner Hütte gefunden. Es gab dort damals keine Leichenbeschauer und keine Zeitungen. Ich nehme an, dass alle der Meinung waren, er sei eines natürlichen Todes gestorben, denn anderenfalls hätte man es mir erzählt, und ich würde mich daran erinnern. Ich weiß nur, dass der Leichnam nahe bei der Hütte bestattet wurde - wohl aus dem Gefühl, dass damit alles seine Richtigkeit habe -, neben dem Grab seiner Frau. Die war so viele Jahre vor ihm aus dem Leben geschieden, dass sich in der Nachbarschaft kaum eine Kunde ihres Daseins erhalten hatte. Nun war das letzte Kapitel dieser wahren Geschichte abgeschlossen - das heißt: Viele Jahre später begab es sich, dass ich zusammen mit einem ebenso unerschrockenen Kameraden bis an diesen Ort vordrang und mich so nahe an die verfallene Hütte heranwagte, dass ich einen Stein auf sie werfen konnte - und weglief, um dem Gespenst zu entkommen, das, wie jeder gut informierte Junge wusste, dort seinen Spuk trieb. Es gibt aber ein früheres Kapitel, das der Großvater erzählte.

Zu der Zeit, als Murlock seine Hütte baute und kräftig mit der Axt zuschlug, um sich eine Farm zu roden - einstweilen sorgte das Gewehr für den Unterhalt -, war er jung und stark und voller Hoffnung. In dem Ostgebiet, aus dem er kam, hatte er, wie es üblich war, eine junge Frau geheiratet, die in jeder Hinsicht seine aufrichtige Wertschätzung verdiente. Sie teilte die Gefahren und Entbehrungen, die sein Schicksal waren, aus freiem Willen und mit fröhlichem Herzen. Es ist nirgends mitgeteilt, wie sie geheißen hat; von ihren Wesenszügen und ihrem Äußeren schweigt die Überlieferung; wer zweifeln will, dem steht es frei zu zweifeln; doch Gott bewahre mich, dass ich mich daran beteilige! Die Liebe und das Glück der beiden wird überreich bezeugt von jedem weiteren Tag im Witwerleben des Mannes: Was hätte einen unternehmungslustigen Geist wie den seinen an so ein Dasein fesseln können, wenn nicht die Anziehungskraft einer seligen Erinnerung?

Eines Tages kam Murlock von der Jagd in einem entfernten Teil des Waldes zurück und fand seine Frau fieberkrank und phantasierend im Bett. Es gab meilenweit herum keinen Arzt, auch keine Nachbarn; und die Frau war nicht kräftig genug, dass er sie verlassen konnte, um Hilfe zu holen. Darum richtete er sich darauf ein, sie selber gesund zu pflegen. Aber am Abend des dritten Tages fiel sie in Bewusstlosigkeit, und so verschied sie; ohne jedes Anzeichen, dass sie noch einmal zu sich gekommen wäre.

Aus dem, was wir über Naturen wie Murlock wissen, können wir es wagen, in die Umrisslinien, die mein Großvater gezeichnet hat, ein paar Einzelheiten zu schraffieren. Als Murlock sich überzeugt hatte, dass seine Frau tot war, war er noch gefasst genug, sich klar zu machen, dass die Tote für die Bestattung zurechtgemacht werden musste. Bei der Ausübung seiner ernsten Pflicht machte er hier und da einen Fehler; manches machte er verkehrt, anderes machte er richtig, aber zweimal und dreimal. Seine Ungeschicklichkeiten bei der Ausführung einer so einfachen und normalen Aufgabe wunderten ihn etwa so, wie es einen Betrunkenen wundert, dass vertraute Naturgesetze aufgehoben zu sein scheinen. Er war auch erstaunt, dass er nicht weinen musste – war erstaunt und etwas beschämt: Es war doch lieblos, Tote nicht zu beweinen. »Morgen«, sagte er laut, »muss ich den Sarg machen und das Grab ausheben; wenn ich sie dann nicht mehr sehe, werde ich sie vermissen; aber jetzt – sie ist tot, klar, aber es hat seine Ordnung – es muss seine Ordnung haben, irgendwie. Es kann nicht so schlimm sein wie es aussieht.«

Er beugte sich über die Tote, im fahlen Licht, ordnete ihr Haar und tat die letzten Handgriffe an dem einfachen Kleid, alles rein mechanisch, unbeteiligt, sorgsam. Noch immer lief durch sein Bewusstsein ein untergründiges sicheres Gefühl, dass alles seine Ordnung hatte, dass er sie wiederhaben werde wie zuvor, dass alles sich klären werde. Er hatte noch keine Erfahrung im Leiden; seine Fähigkeit dazu war noch nicht durch reichlichen Gebrauch groß geworden. Sein Herz konnte nicht alles aufnehmen, seine Vorstellungskraft reichte nicht aus, es zu begreifen. Er wusste nicht, wie hart er getroffen worden war; dieses Wissen würde später kommen – und nie mehr weggehen. Das Leid ist ein Künstler, der so vielerlei kann wie die Instrumente, auf der er seine Weisen für die Toten spielt; einigen entlockt er scharfe, schrille Töne, anderen tiefe, wuchtige Akkorde, die sich rhythmisch wiederholen wie das langsame Schlagen einer fernen Trommel. Manche Menschen werden davon aufgeregt, andere betäubt. Auf den einen wirkt es wie

ein Pfeilschuss, der alle Empfindungen zu größerer Heftigkeit aufreizt; auf einen anderen wie ein Keulenschlag, der zermalmt und lähmt.
Wir dürfen wohl davon ausgehen, dass Murlock auf die zweite Art betroffen wurde, denn - hier haben wir mehr als bloß Vermutungen unter den Füßen - kaum hatte er seine fromme Arbeit getan, als er vor dem Tisch, auf dem die Tote lag, in einen Stuhl sank; er gewahrte gerade noch, wie weiß ihr Profil in der tiefen Dämmerung zu sehen war, legte die Arme auf die Tischkante und das Gesicht, das immer noch tränenlose, unsagbar müde, auf die Arme.
In diesem Augenblick drang durch das offene Fenster ein lang gezogener Klagelaut herein, wie der Schrei eines Kindes, das sich in der Tiefe des dunkel werdenden Waldes verirrt hat. Doch der Mann rührte sich nicht. Noch einmal, diesmal von näher als vorher, traf der unheimliche Schrei an seine schwindenden Sinne. Vielleicht war es ein wildes Tier, vielleicht ein Traum? Murlock war eingeschlafen.
Nach ein paar Stunden (so konnte man später rückschließen) wachte der unzuverlässige Wächter auf, hob den Kopf von den Armen und horchte aufmerksam - er wusste nicht, warum. In der schwarzen Finsternis, unmittelbar neben der Toten, unerschrocken an alles zurückdenkend, strengte er seine Augen an, zu sehen - er wusste nicht, was. Seine Sinne waren angespannt, er hielt den Atem an, der Pulsschlag verlangsamte sich, als wollte er zur Stille beitragen. Wer oder was hatte ihn geweckt? Und wo war es?
Da zitterte der Tisch unter seinen Armen, und zugleich hörte er oder meinte er zu hören einen leichten, weichen Tritt - noch einen - es klang wie bloße Füße auf dem Boden!
Er erschrak so, dass er außerstande war, zu schreien oder sich zu rühren. Er konnte nichts als warten. Er wartete dort in der Finsternis - er meinte: jahrhundertelang - im größten Grauen, das ein Mensch erfahren und überleben und berichten kann. Er versuchte umsonst, den Namen der toten Frau auszusprechen, versuchte umsonst, die Hand über den Tisch zu

strecken, um zu spüren, ob sie da war. Seine Kehle war ohne Kraft, Arme und Hände waren wie Blei.
Dann geschah etwas ganz Schreckliches. Ein schwerer Körper wurde gegen den Tisch geworfen - mit solcher Gewalt, dass er hart gegen Murlocks Brust stieß und ihn fast umgeworfen hätte. Im gleichen Augenblick hörte und fühlte Murlock etwas zu Boden fallen, mit so heftiger Wucht, dass die ganze Hütte von dem Aufprall erzitterte. Es folgte ein Ringkampf und ein Durcheinander von Tönen, das sich unmöglich beschreiben lässt. Murlock war aufgesprungen. Die Furcht hatte durch ihr Übermaß ihre Macht über seine Sinne verloren. Er streckte die Hände über den Tisch aus. Da war nichts!
Es gibt einen Punkt, wo Entsetzen in Wahnsinn umschlägt; und Wahnsinn treibt zum Handeln. Ohne bestimmte Absicht, ohne anderen Antrieb als den unberechenbaren Impuls eines Wahnsinnigen sprang Murlock zur Wand. Nach ein paar tastenden Griffen hatte er sein geladenes Gewehr in der Hand und schoss es ziellos ab. Im Mündungsfeuer, das den Raum blitzartig erhellte, sah er einen gewaltigen Puma, der die tote Frau zum Fenster hin schleppte, seine Zähne in ihre Kehle vergraben. Nun war die Finsternis noch schwärzer als zuvor, und es war totenstill. Als Murlock wieder zu sich kam, stand die Sonne hoch am Himmel, und der Wald war voll vom Gesang der Vögel.
Der Leichnam lag vor dem Fenster; dort hatte die Bestie ihn liegen lassen, von Mündungsfeuer und Knall des Gewehrs in die Flucht geschlagen. Die Kleidung war zerknüllt, das lange Haar zerzaust, die Gliedmaßen verrenkt. Aus der furchtbar zerfleischten Kehle war Blut getropft und hatte eine Lache gebildet, die noch nicht ganz trocken war. Das Band, mit dem Murlock die Hände zusammengebunden hatte, war zerrissen; die Hände waren geballt. Zwischen den Zähnen steckte ein Fetzen vom Ohr des Tieres.

Mary Cholmondeley

Losgelassen

> Die Toten bleiben bei uns! Auch wenn die starre kalte Erde sie festzuhalten scheint, sie sind stets unter uns.

Vor einigen Jahren wandte ich mich der Architektur zu und machte eine Rundreise durch Holland, um die Bauwerke dieses interessanten Landes zu studieren. Es war mir damals nicht klar, dass es nicht genügt, sich der Kunst zuzuwenden. Die Kunst muss sich auch dir zuwenden. Ich hatte keinen Zweifel gehabt, dass sie meine flüchtige Begeisterung erwidern würde. Als ich entdeckte, dass sie eine spröde Geliebte war, die nicht gleich auf meine Aufmerksamkeit einging, übertrug ich diese natürlich auf ein anderes Heiligtum. Es gibt auch noch etwas anderes auf der Welt als Kunst. Ich bin jetzt Landschaftsgärtner.

Doch zu der Zeit, von der ich schreibe, hatte ich mich auf einen heftigen Flirt mit der Architektur eingelassen. Ich hatte einen Gefährten auf dieser Expedition, der inzwischen einer der führenden Architekten unserer Zeit geworden ist. Er war ein dünner, entschieden aussehender Mann mit verschlossenem Gesicht und starkem Unterkiefer, sprach langsam und ging in seiner Arbeit in einem Maße auf, das ich rasch ermüdend fand. Er besaß eine gewisse stille Fähigkeit, Hindernisse zu überwinden, die ich in diesem Ausmaß sonst kaum je gefunden habe. Mittlerweile ist er mein Schwager geworden, also muss ich es wissen. Meine Eltern mochten ihn nicht sonderlich und waren gegen die Ehe, und meine Schwester mochte ihn überhaupt nicht und wies ihn wieder und wieder ab; und dennoch heiratete er sie schließlich.

Ich bin seither zu dem Schluss gekommen, dass einer der Gründe, warum er mich als Reisegefährten für diese Gelegenheit auswählte, der Plan war, die, wie er es später nannte, »Ver-

bindung mit meiner Familie« ins Werk zu setzen. Doch damals hatte ich keine Ahnung davon.
Einen bezüglich der Kleidung sorgloseren Menschen habe ich selten getroffen, und doch fiel mir auf, dass er in der ganzen holländischen Julihitze nie ohne einen hohen, gestärkten Kragen ausging, der nicht einmal durch modische Form sich empfohlen hätte.
Ich neckte ihn oft wegen seiner formidabel hohen Krägen und fragte ihn, warum er sie trage, ohne ihm irgendeine Antwort zu entlocken. Als wir eines Abends zu unserer Herberge in Middeburg zurückkehrten, ging ich ihn etwa zum dreißigsten Male deswegen an.
»Warum, um Himmels willen, trägst du sie?«, fragte ich.
»Du hast mir diese Frage, glaube ich, viele Male gestellt«, antwortete er in seiner bedächtigen Ausdrucksweise, »doch immer, wenn ich beschäftigt war. Jetzt habe ich Zeit, darum will ich es dir erzählen.«
Und das tat er.
Ich habe aufgeschrieben, was er sagte, so wortgetreu wie ich mich erinnern kann.

Vor zehn Jahren wurde ich gebeten, im Institut für Britische Architekten einen Vortrag über britische Fresken zu halten. Ich hatte mir vorgenommen, den Vortrag so gut wie möglich zu machen, bis hin zu den geringsten Einzelheiten. Ich zog viele Bücher über das Thema zu Rate und studierte jedes Fresko, das ich finden konnte. Mein Vater, der Architekt gewesen war, hatte mir nach seinem Tode all seine Papiere und Notizbücher über Architektur hinterlassen. Ich durchforschte sie sorgfältig und fand in einem von ihnen eine fast fünfzig Jahre alte, nicht ganz zu Ende geführte Skizze, die mich besonders interessierte. Darunter stand in seiner klaren kleinen Handschrift: *Freskierte Ostwand der Krypta. Dorfkirche. Wet Waste-on-the-Wolds, Yorkshire (via Pickering)*.
Die Zeichnung faszinierte mich so sehr, dass ich beschloss, dorthin zu fahren und das Fresko selbst zu besichtigen. Ich

hatte nur eine sehr unklare Vorstellung, wo Wet Waste-on-the-Wolds lag, doch mich trieb der Ehrgeiz nach dem Erfolg meines Vortrags; zudem war es in London heiß, so dass ich zu meiner langen Reise nicht ohne ein gewisses Vergnügen aufbrach, mit meinem Hund Brian, einer großen, scheckigen Promenadenmischung, als einzigem Begleiter.

Ich erreichte Pickering in Yorkshire im Laufe des Nachmittags und unternahm dann eine Reihe von Versuchen mit den örtlichen Verkehrslinien, die nach einigen Stunden damit endeten, dass ich mich schließlich an einem kleinen, abgelegenen Bahnhof, neun oder zehn Meilen von Wet Waste entfernt, abgesetzt fand. Da keinerlei Fahrgelegenheit zu bekommen war, schulterte ich meinen Mantelsack und begann eine lange weiße Landstraße entlangzuwandern, die sich über die kahle, baumlose Hochebene erstreckte. Ich muss mehrere Stunden durch ödes, mit Heidekraut geflecktes Moorland gegangen sein, als ein Arzt mich überholte und mich bis auf eine Meile vor meinen Zielort mitnahm. Diese Meile war lang, und es war vollkommen dunkel, bis ich vor mir den schwachen Schimmer von Lichtern sah und erkannte, dass ich Wet Waste erreicht hatte. Es bereitete beträchtliche Schwierigkeiten, jemanden dazu zu bringen, mich aufzunehmen; schließlich konnte ich den Besitzer des Wirtshauses überreden, mir ein Bett zu geben, legte mich völlig übermüdet so bald als möglich hinein, aus Furcht, er könnte seine Meinung ändern, und sank zu dem Murmeln eines kleinen Bachs unter meinem Fenster in Schlaf.

Am nächsten Morgen stand ich früh auf, und gleich nach dem Frühstück erkundigte ich mich nach dem Weg zum Pfarrhaus, das, wie ich erfuhr, nahebei lag. In Wet Waste war alles nahebei. Das ganze Dorf schien aus einer einzigen langen Reihe einstöckiger grauer Steinhäuser zu bestehen, von gleicher Farbe wie die Steinmauern, die die wenigen Felder von dem umgebenden Ödland trennten, und wie die kleinen Brücken über den Bach, der zur Seite der breiten grauen Straße floss. Alles war grau. Die Kirche, deren niedrigen Turm ich schon von etwas weiter weg sehen konnte, schien aus dem gleichen Stein gebaut zu sein, ebenso das Pfarrhaus, das ich nun erreichte, begleitet von einer Bande wilder, derber Kinder, die mich und Brian mit geradezu herausfordernder Neugier beäugten.

Der Pfarrer war zu Hause, und nach kurzer Wartezeit wurde ich eingelassen. Ich ließ mein Malzeug unter Brians Aufsicht und folgte dem Bediensteten in einen niedrigen, getäfelten Raum, wo ein sehr alter Mann vor einem Sprossenfenster saß. Das Morgenlicht fiel auf sein weißes Haupt, das über einen Wust von Papieren und Büchern gebeugt war.

»Mister em …?«, sagte er und schaute langsam auf, wobei ein Finger seine Stelle in einem Buch markierte.

»Blake.«

»Blake«, wiederholte er und schwieg.

Ich erklärte ihm, dass ich Architekt sei; dass ich gekommen sei, um ein Fresko in der Krypta seiner Kirche zu studieren, und bat um die Schlüssel.

»Die Krypta«, sagte er, schob seine Brille nach oben und starrte mich unverwandt an. »Die Krypta ist seit dreißig Jahren geschlossen. Ohne Unterbrechung seit …« Er hielt inne.

»Ich wäre sehr dankbar für die Schlüssel«, sagte ich wieder.

Er schüttelte den Kopf.

»Nein«, sagte er. »Niemand geht da mehr hinein.«

»Das ist ein Jammer«, bemerkte ich, »denn ich bin von weit her gekommen allein mit diesem Ziel.« Und ich erzählte ihm von dem Vortrag, den ich halten sollte, und der Mühe, die ich mir damit gab.

Er bekam Interesse. »Ach«, sagte er, legte seine Feder weg und nahm den Finger von der Seite des Buches, das vor ihm lag, »das kann ich verstehen. Ich war auch einmal jung und ehrgeizig. Das Schicksal hat mich an etwas einsame Orte verschlagen; seit vierzig Jahren bin ich Seelsorger in diesem Dorf, wo ich, offen gestanden, nur wenig von der Welt mitbekommen habe, obgleich ich auf den Pfaden der Literatur vielleicht nicht ganz unbewandert bin. Möglicherweise haben Sie eine von mir verfasste Abhandlung über die syrische Fassung der drei authentischen Ignatius-Briefe gelesen?«

»Sir«, sagte ich, »ich muss zu meiner Schande gestehen, dass ich nicht einmal die Zeit habe, die allerberühmtesten Bücher zu lesen. Der einzige Zweck meines Lebens ist die Kunst. *Ars longa, vita brevis*, wie Sie wissen.«

»Sie haben Recht, mein Sohn«, sagte der alte Mann offensichtlich enttäuscht, doch er sah mich freundlich an. »Es gibt die verschiedensten Begabungen, und wenn der Herr Ihnen ein Talent gegeben hat, dann pflegen Sie dieses. Stellen Sie es nicht unter den Scheffel.«

Ich sagte, das würde ich dann nicht tun, wenn er mir die Schlüssel für die Krypta ausliehe. Er schien erschrocken über meine Rückwendung zu diesem Thema und wirkte unentschlossen.

»Warum auch nicht?«, sprach er leise vor sich hin. »Der Junge scheint ein guter Junge zu sein. Und Aberglaube! Was ist er anderes als mangelndes Vertrauen zu Gott!«

Er stand schwerfällig auf, nahm einen großen Schlüsselbund aus seiner Tasche und schloss einen Eichenschrank in der Ecke des Zimmers auf.

»Hier müssten sie sein«, murmelte er, während er hineinspähte, »doch der Staub vieler Jahre täuscht das Auge. Schauen Sie, mein Sohn, ob zwischen diesen Pergamenten zwei Schlüssel sind; einer aus Eisen und sehr groß, der andere aus Stahl, dünn und lang.«

Ich kam begierig, ihm zu helfen, und fand bald in einer hinteren Schublade zwei zusammengebundene Schlüssel, die er sofort erkannte.

»Das sind sie«, sagte er. »Der lange öffnet die erste Tür am Fuß der Treppe, die an der Außenmauer der Kirche hinunterführt, direkt bei dem Schwert, das in die Mauer eingemeißelt ist. Der zweite öffnet die Eisentür – sie schließt allerdings schwer – innerhalb des Ganges, der zur Krypta selbst führt. Ist es nötig für Ihre Abhandlung, mein Sohn, dass Sie die Krypta betreten?«

Ich antwortete, es sei unbedingt nötig.
»Dann nehmen Sie die Schlüssel«, sagte er, »und heute Abend bringen Sie sie mir wieder.«
Ich würde vielleicht mehrere Tage hintereinander gehen, sagte ich und fragte, ob ich sie nicht behalten dürfte, bis ich meine Arbeit beendet hätte, doch in diesem Punkt blieb er fest.
»Übrigens«, fügte er hinzu, »achten Sie darauf, dass Sie die erste Tür am Fuß der Stufen abschließen, bevor Sie die zweite öffnen, und verschließen Sie auch die zweite, während Sie drinnen sind. Und nachher, wenn Sie herauskommen, schließen Sie die innere Eisentür ebenso wie die Holztür ab.«
Ich versprach, dass ich alles so machen wolle, dankte ihm und eilte fort, glücklich über meinen Erfolg, die Schlüssel ergattert zu haben. Ich fand Brian und mein Zeichenmaterial im Hausflur und entging der Eskorte von Kindern, indem ich den engen Privatweg zwischen dem Pfarrhaus und der Kirche nahm, welche in einem Geviert uralter Eiben stand.
Die Kirche selbst war interessant; ich stellte fest, dass sie aus der Ruine eines vorangegangenen Baus erstanden sein musste, nach allerhand Fragmenten von Kapitellen und Bögen zu urteilen, die Spuren sehr früher Steinmetzarbeit trugen und nun in den Mauern verbaut waren. An manchen Stellen waren Kreuze eingemeißelt; eines von ihnen erregte meine besondere Aufmerksamkeit, da es von einem großen Schwert flankiert war. Beim Versuch, es näher zu betrachten, stolperte ich und sah zu meinen Füßen eine Treppe aus schmalen Steinstufen, grün schimmernd von Moos und Moder. Offenbar war dies der Eingang zur Krypta. Sogleich stieg ich die Stufen hinunter, vorsichtig, da sie äußerst feucht und rutschig waren. Brian kam mit mir, denn nichts konnte ihn bewegen, zurückzubleiben. Als ich schließlich das untere Ende der Treppe erreicht hatte, befand ich mich nahezu im Dunkeln und musste ein Licht anzünden, um das Schlüsselloch und den dazu passenden Schlüssel zu finden. Die hölzerne Tür ging einigermaßen leicht nach innen auf, obwohl ein Haufen modrigen Abfalls auf dem Boden davor zu erkennen gab, dass sie seit vielen

Jahren nicht benutzt worden war. Nachdem ich mich durch die Tür gezwängt hatte, was alles in allem nicht einfach war, da sie sich durchaus nicht weiter als etwa zwei Spannen weit öffnen ließ, schloss ich sie sorgfältig hinter mir ab; lieber hätte ich sie offen gelassen, denn für manche Gemüter ist es ein unangenehmes Gefühl, irgendwo eingeschlossen zu sein; es könnte sich ja als ratsam erweisen, schnell hinauszukommen.

Ich konnte die Kerze nur mit Mühe am Brennen halten. Nachdem ich mich einen niedrigen und, versteht sich, überaus feuchten Gang entlanggetastet hatte, kam ich zu einer weiteren Tür. Eine Kröte hockte davor, die aussah, als hätte sie hier schon hundert Jahre gesessen. Als ich die Kerze dem Boden näherte, blickte sie ohne zu blinzeln ins Licht und zog sich dann langsam in eine Ritze in der Mauer zurück; vor der Tür hinterließ sie eine kleine Mulde getrockneten Schlamms, der sich allmählich um ihren Körper angesammelt hatte. Ich stellte fest, dass diese Tür aus Eisen war und einen langen, allerdings zerbrochenen Riegel hatte. Ohne Zögern steckte ich den zweiten Schlüssel in das Schloss. Nachdem ich mit beträchtlicher Anstrengung die Tür aufgestoßen hatte, spürte ich den kalten Hauch der Krypta auf meinem Gesicht. Ich muss gestehen, ich empfand für einen Moment ein kurzes Missbehagen, als ich die zweite Tür von innen abschloss, aber ich hielt es für meine Pflicht, dies zu tun. Ich ließ den Schlüssel im Schloss, ergriff meine Kerze und schaute mich um. Ich stand in einem niedrigen Raum mit Kreuzgewölbe, das aus dem harten Felsen gemeißelt war. Es war schwierig zu erkennen, wo die Krypta endete, da die Beleuchtung in jeder Richtung nur andere grobe Bogenöffnungen oder Höhlen offenbarte, die in den Fels gehauen waren und wahrscheinlich früher als Familiengrüfte gedient hatten. Eine Besonderheit der Wet-Waste-Krypta, die ich an vergleichbaren Orten nicht gesehen hatte, war die sorgfältige Anordnung der Schädel und Knochen, die auf jeder Seite etwas über einen Meter hoch gestapelt lagen. Die Schädel waren symmetrisch aufgeschichtet bis beinahe an die Wölbung des Bogens zu meiner Linken, und die Schienbeine waren auf dieselbe Weise zu meiner Rechten angeordnet. *Aber das Fresko!* Ich schaute mich vergebens danach um. Am hinteren Ende der Krypta entdeckte ich einen sehr niedrigen sehr massiven Bogengang, dessen Eingang nicht mit Knochen gefüllt war; ich ging gebückt durch ihn hindurch und befand mich in einem zweiten, kleineren Raum. Ich hielt die Kerze über meinen Kopf, und der erste Gegenstand, auf den ihr Licht fiel, war – das Fresko. Auf den ersten Blick erkannte ich, dass es einzigartig war. Ich legte ein paar von meinen Sachen mit zitternder Hand auf einen rauen Steinvorsprung, der offenbar einmal als Kredenztisch gedient hatte, und untersuchte das Kunstwerk näher. Es war ein Altarbild, vermutlich Teil eines Altars aus der Zeit der Priesterächtung. Das Fresko stammte aus dem Beginn des 15. Jahrhunderts und war so vollkommen erhalten, dass ich beinahe die Umrisse jedes Tagwerks im Verputz verfolgen konnte, wie es der Künstler auf die Wand geworfen und mit der Kelle geglättet hatte. Dargestellt war die Himmelfahrt, herrlich ausgeführt. Ich kann kaum meine Begeisterung beschreiben, als ich dastand und es anschaute und bedachte, dass dieses großartige Beispiel englischer Freskenmalerei von mir der Welt bekannt gemacht werden würde. Schließlich besann ich mich, öffnete meine Zeichentasche, zündete alle Kerzen an, die ich mitgebracht hatte, und machte mich ans Werk.

Brian drückte sich in meiner Nähe herum, und obwohl ich in meiner ziemlich einsamen Lage durchaus froh über seine Gesellschaft war, wünschte ich mehrfach, ich hätte ihn draußen gelassen. Er war unruhig, und selbst der Anblick so vieler Knochen hatte keine besänftigende Wirkung auf ihn. Schließlich, nach wiederholten Befehlen, legte er sich wachsam, doch reglos auf den Steinfußboden.

Ich muss einige Stunden gearbeitet haben und machte eine Pause, um meine Augen und Hände auszuruhen, als ich zum ersten Mal die tiefe Stille wahrnahm, die mich umgab. Kein Laut von *mir* konnte die Außenwelt erreichen. Die Kirchenuhr, die so durchdringend und gewichtig geschlagen hatte, als ich die Treppe hinabstieg, hatte seitdem nicht das leiseste Flüstern ihrer ehernen Zunge zu mir in die Tiefe gesandt. Alles war still wie das Grab. Dies *war* das Grab. Alle hierher Gekommenen waren tatsächlich ins Schweigen hinabgestiegen. Ich wiederholte diese Worte für mich, oder vielmehr wiederholten sie sich selbst in mir:

Ins Schweigen hinabgestiegen.

Aus meiner Träumerei wurde ich durch ein schwaches Geräusch geweckt. Ich saß still und lauschte. Fledermäuse suchen gelegentlich Gewölbe und unterirdische Orte auf.

Das Geräusch dauerte fort, ein leise verstohlenes, eher unangenehmes Geräusch. Ich weiß nicht, was für Geräusche Fledermäuse machen, ob angenehm oder nicht. Plötzlich klang es, als ob etwas fiele, eine kurze Pause – und dann – ein fast unhörbares, entferntes, aber doch ein Klimpern wie von einem Schlüssel.

Ich hatte den Schlüssel im Schloss stecken lassen, nachdem ich ihn umgedreht hatte, und das bedauerte ich jetzt. Ich stand auf, nahm eine der Kerzen und ging zurück in die größere Krypta – denn obwohl ich mich nicht für so zart besaitet halte, durch jedes Geräusch, das ich nicht erklären kann, enerviert zu werden, so muss ich doch wirklich sagen, dass ich in Situationen wie dieser wünsche, sie blieben mir erspart. Indem ich mich der Eisentür näherte, gab es erneut einen deutlichen (fast hätte ich gesagt: hastigen) Laut. Ich hatte einen Eindruck von großer Eile. Da ich die Tür erreichte und die Kerze vors Schloss hielt, um den Schlüssel herauszuziehen, bemerkte ich, dass der andere, der mit einer kurzen Schnur an ihm hing, ein wenig schaukelte. Es wäre mir lieber gewesen, er hätte nicht geschaukelt, da es keinen Grund für einen solchen Vorgang gab. Ich steckte beide Schlüssel in die Tasche und wollte wieder an meine Arbeit gehen. Indem ich mich umwandte, sah ich auf dem Boden, was das stärkere Geräusch verursacht hatte, nämlich einen Schädel, der offenbar soeben von seinem Platz, oben auf einem der Knochenwälle, gerutscht und fast vor meine Füße gerollt war. Dort, wo nun eine Handbreit mehr von der Wölbung eines dahinter liegenden Bogengangs sichtbar wurde, befand sich die Stelle, aus der er herausgefallen war. Ich bückte mich, um ihn aufzuheben, doch aus Furcht, noch mehr Schädel zu verrücken, wenn ich am Stapel hantierte, und weil ich nicht gern seine verstreuten Zähne aufsammeln wollte, ließ ich ihn liegen und kehrte zu meiner Arbeit zurück, in die ich bald so vertieft war, dass ich erst aufschrak, als meine Kerzen nach und nach niederbrannten und eine nach der anderen ausging.

Dann, mit einem Seufzer des Bedauerns, denn ich war längst noch nicht fertig, wandte ich mich zum Gehen. Der arme Brian, der sich nie so recht mit dem Ort angefreundet hatte, war außer sich vor Freude. Als ich die Eisentür öffnete, drängte er sich an mir vorbei, und einen Augenblick später hörte ich ihn jaulen und kratzen und, fast hätte ich gesagt, gegen die Holztür poltern. Ich schloss die Eisentür ab und eilte, so schnell ich konnte, den Gang entlang, und fast noch bevor ich die andere Tür einen Spalt geöffnet hatte, schien etwas an mir vorbei ins Freie zu schnellen, und Brian sprang die Stufen hinauf und außer Sicht. Da ich noch blieb, um den Schlüssel herauszuziehen, fühlte ich mich reichlich im Stich gelassen. Wieder ins Sonnenlicht eintretend, empfand ich eine Art jubelnder Freiheit in der Luft um mich her.

Es war schon später Nachmittag. Nachdem ich zum Pfarrhaus zurückgeschlendert war, den Schlüssel abzugeben, konnte ich die Gastwirtsleute dazu bewegen, mich an der Mahlzeit der Familie teilnehmen zu lassen, für die in der Küche gedeckt war. Die Einwohner von Wet Waste waren einfache Menschen, mit dem offenen, ungekünstelten Benehmen, das sich immer noch an abgelegenen Orten erhält, besonders in der Wildnis von Yorkshire; freilich hatte ich keine Ahnung, dass es in den Tagen von Pfennig-Post und billigen Zeitungen eine derart vollständige Unkenntnis der äußeren Welt in einem noch so abgelegenen Winkel Großbritanniens geben konnte. Als ich eines der Nachbarkinder auf meine Knie nahm – ein niedliches kleines Mädchen mit dem hellsten flachsfarbenen Haarkranz, den ich je gesehen habe - und begann, ihr Bilder von den Vögeln und Tieren anderer Länder aufzumalen, war ich sogleich umringt von einer Kinderschar und sogar von Erwachsenen, während andere an die Türen kamen und aus der Distanz zusahen; sie riefen sich gegenseitig zu, in der schrillen, fremdartigen Sprechweise, die - wie ich inzwischen gelernt habe - als »breites Yorkshire« bezeichnet wird.

Am nächsten Morgen, als ich mein Zimmer verließ, bemerkte ich, dass im Dorf etwas in Unordnung war. Ein Stimmengewirr erreichte mich, als ich an der Bar vorbeiging, und aus dem Haus daneben hörte ich einen hohen jammernden Klagelaut.

Die Frau, die mir das Frühstück brachte, war in Tränen. Auf meine Fragen antwortete sie mir, das Kind der Nachbarin, das kleine Mädchen, das ich am Vorabend auf meine Knie genommen hatte, sei in dieser Nacht gestorben.

Ich fühlte mit dem allgemeinen Gram, den der Tod des kleinen Wesens erregte, und das ungezügelte Jammern der armen Mutter raubte mir den Appetit.

Ich eilte früh an meine Arbeit und holte auf dem Weg die Schlüssel ab, und mit Brian als Begleiter stieg ich wieder in die Krypta hinab und zeichnete und maß mit solcher Hingabe, dass ich keine Zeit hatte, an diesem Tag auf wirkliche oder eingebildete Geräusche zu lauschen. Brian schien diesmal auch ganz zufrieden und schlief ruhig neben mir auf dem Steinfußboden. Als ich nicht mehr weiterarbeiten konnte, packte ich meine Skizzenbücher ein, bedauernd, dass ich entgegen meiner Hoffnung immer noch nicht ganz fertig war. Es würde nötig sein, am nächsten Morgen noch einmal herzukommen. Da ich am Spätnachmittag die Schlüssel zurückbrachte, kam der Pfarrer an die Tür und bat mich, hereinzukommen und mit ihm Tee zu trinken.

»Nun - sind Sie mit Ihrer Arbeit vorangekommen?«, fragte er, als wir uns in dem langen, niedrigen Raum hinsetzten, in den er mich geführt hatte und wo er ausschließlich zu leben schien.

Ich bejahte und zeigte es ihm.
»Sie haben natürlich das Original gesehen?« sagte ich.
»Einmal«, antwortete er und starrte unverwandt auf das Bild. Offensichtlich legte er keinen Wert darauf, mitteilsam zu sein, so lenkte ich das Gespräch auf das Alter der Kirche.
»Alles hier ist alt«, sagte er. »Als ich jung war, vor vierzig Jahren, und hierher kam, weil ich mittellos war und unbedingt heiraten wollte, damals hat es mich bedrückt, dass alles so alt war und dass dieser Ort so weit außerhalb der Welt lag, nach der ich manchmal schmerzhafte Sehnsucht hegte. Doch ich hatte mein Los gewählt und war gezwungen, mich damit zufrieden zu geben. Mein Sohn, heiraten Sie nicht jung, denn die Liebe, die in diesem Lebensabschnitt eine wirklich große Macht ist, kehrt das Herz vom Studium ab, und kleine Kinder brechen dem Ehrgeiz das Rückgrat. Heiraten Sie auch nicht in mittleren Jahren, wenn man in einer Frau nur eine Frau sieht und in ihrem Gespräch nur Langeweile. Dann sind Sie im Alter nicht mit einer Ehefrau belastet.«
Ich hatte meine eigenen Ansichten bezüglich der Ehe. Ich bin der Meinung, dass eine gut gewählte Gefährtin mit häuslichen Neigungen und fügsamem, anhänglichem Charakter eine wesentliche Hilfe für einen berufstätigen Mann sein kann. Und wenn meine Ansichten einmal feststehen, sehe ich keinen Sinn darin, sie mit anderen zu diskutieren. Darum wechselte ich das Thema und fragte, ob die Nachbardörfer ebenso altertümlich seien wie Wet Waste.
»Ja, alles hier herum ist alt«, wiederholte er. »Die gepflasterte Straße, die nach Dyke Fens führt, ist eine alte Handelsstraße, die schon unter den Römern gebaut wurde. Dyke Fens, das nur vier oder fünf Meilen entfernt liegt, ist ebenfalls alt und von der Welt vergessen. Die Reformation hat es nie erreicht. Sie endete hier. In Dyke Fens haben sie immer noch einen Priester und eine Glocke und knien vor den Heiligen. Es ist eine vermaledeite Ketzerei, und jede Woche erkläre ich das meinen Leuten und weise sie auf die rechte Lehre hin. Ich habe gehört, dass der Priester sich dem Bösen so weit ange-

dient hat, dass er gegen mich eiferte, ich würde die Wahrheiten des Evangeliums meiner Gemeinde vorenthalten; doch ich kümmere mich nicht darum, ebenso wenig um sein Pamphlet über die clementinischen Predigten, in dem er vergeblich zu widerlegen sucht, was ich deutlich dargetan und zweifelsfrei bewiesen habe bezüglich des Wortes *Asaph.*«

Der alte Mann wurde von seinem Lieblingsthema fortgerissen, und es dauerte einige Zeit, bis ich loskam. Er verfolgte mich noch bis zur Tür, und ich entkam einzig und allein, weil in diesem Moment der alte Küster herbeihumpelte und seine Aufmerksamkeit in Anspruch nahm.

Am darauf folgenden Morgen wollte ich den Schlüssel zum dritten und letzten Mal holen. Ich hatte mir vorgenommen, am nächsten Tag frühmorgens abzufahren. Ich hatte Wet Waste satt, und in meiner Einbildung braute eine gewisse Düsternis sich über dem Ort zusammen. Es lag eine Empfindung von Unruhe in der Luft, als ob trotz des klaren, hellen Tages ein Gewitter im Anzug wäre.

An diesem Morgen wurden mir zu meinem Erstaunen die Schlüssel verweigert, als ich darum bat. Ich nahm jedoch die Absage nicht für endgültig – ich habe mir zur Regel gemacht, keine Absage für endgültig zu halten –, und nach kurzem Warten wurde ich in das Zimmer geführt, wo wie üblich der Pfarrer saß oder vielmehr diesmal auf und ab ging.

»Mein Sohn«, sagte er heftig, »ich weiß, warum Sie gekommen sind, aber es ist umsonst. Ich kann die Schlüssel nicht mehr herleihen.«

Ich erwiderte, dass ich im Gegenteil hoffe, er würde sie mir ohne Verzug geben.

»Es ist unmöglich«, wiederholte er. »Ich habe Unrecht getan, schweres Unrecht. Ich werde mich nie wieder von ihnen trennen.«

»Warum nicht?«

Er zögerte und sagte dann langsam:

»Der alte Küster, Abraham Kelly, ist gestern Nacht gestorben.« Er hielt inne, und fuhr dann fort: »Der Arzt ist gerade hier gewesen, um mir etwas ihm Unbegreifliches zu berichten. Ich will nicht, dass die Leute im Dorf es erfahren, er hat es nur mir gegenüber erwähnt, aber er hat deutlich am Hals des alten Mannes und ebenso, wenn auch schwächer, an dem Nacken des Kindes Würgemale entdeckt. Niemand außer ihm hat diese Beobachtung gemacht; er kann sie sich nicht erklären. Aber ich, ach, ich kann sie nur auf eine Weise erklären, nur auf eine Weise!«

Ich verstand nicht, was das alles mit der Krypta zu tun hatte, doch um dem alten Mann den Gefallen zu tun, fragte ich, auf welche Weise.

»Es ist eine lange Geschichte, und einem Fremden wird sie vielleicht nur närrisch erscheinen, aber ich will sie trotzdem erzählen; denn ich merke, dass Sie nicht aufhören werden, mich um die Schlüssel zu bitten, wenn ich nicht einen Grund nenne, warum ich sie zurückhalte.

Ich hatte Ihnen zuerst gesagt, als Sie mich nach der Krypta fragten, dass sie die letzten dreißig Jahre geschlossen war, und so war es tatsächlich. Vor dreißig Jahren schied ein gewisser Sir Roger Despard aus dem Leben, der Lord des Herrenhauses von Wet Waste und Dyke Fens, der Letzte seiner Familie, die jetzt, Gott sei Dank, erloschen ist. Er war ein Mann von lasterhaftem Lebenswandel; er fürchtete weder Gott, noch achtete er die Menschen oder hatte Erbarmen mit der Unschuld; der Herr übergab ihn schon in dieser Welt den Peinigern, denn er hatte viel unter seinen Sünden zu leiden, am meisten durch die Trunkenheit, zu deren Zeiten - und sie waren häufig - er wie von sieben Teufeln besessen schien. In seinem Hause war er ein Gegenstand des Abscheus und ein Anlass zur Verbitterung für alle, hoch und niedrig.

Schließlich war der Becher seiner Schändlichkeit voll bis zum Rand, und er musste sterben. Ich ging, um ihn auf dem Totenbett zu ermahnen, denn ich hatte gehört, dass Entsetzen über ihn gekommen war und dass böse Vorstellungen ihn mächtig von allen Seiten bedrängten und nur wenige von denen, die bei ihm waren, es in seiner Gegenwart aushalten konnten. Doch als ich ihn sah, erkannte ich, dass es keinen Ort der Reue mehr für ihn gab. Er spottete über mich und meinen Aberglauben, selbst im Sterben, und schwor, es gebe keinen Gott und keinen Engel, und alle seien verdammt wie er selber. Am nächsten Tag gegen Abend kamen die Todesqualen über ihn, und er tobte nur noch maßloser, indem er sagte, der Leibhaftige wolle ihn erwürgen. Auf seinem Tisch lag sein Jagdmesser; mit letzter Kraft kroch er hin und ergriff es, woran ihn niemand hinderte; er tat einen schrecklichen Schwur: Wenn er hinunterführe, um in der Hölle zu schmoren, wollte er eine seiner Hände auf Erden zurücklassen, und sie sollte nicht ruhen, bis sie Blut aus dem Hals eines anderen gepresst und ihn ebenso erwürgt hätte, wie er selber gleich erwürgt würde. Damit hieb er sich seine eigene Rechte vom Handgelenk ab. Niemand wagte, sich ihm zu nähern und ihn davon abzuhalten; das Blut rann durch den Fußboden bis hinunter zur Decke des darunter liegenden Zimmers. Dann starb er.

Sie riefen mich in der Nacht und erzählten mir von seinem Schwur, und ich gab den Rat, es sollte niemand davon sprechen. Ich nahm die tote Hand, die niemand zu berühren gewagt hatte, und legte sie neben ihn in seinen Sarg, denn ich dachte, dass er sie besser mitnähme und bei sich hätte, wenn er eines Tages nach vieler Drangsal in die Lage käme, seine Hände nach Gott auszustrecken. Doch die Geschichte sprach sich herum, und die Leute waren entsetzt. Darum ließ ich, als er, der Letzte seiner Familie, neben seinen Vätern begraben wurde und die Krypta voll war, dieselbe schließen, behielt die Schlüssel bei mir und erlaubte keinem Menschen, sie wieder zu betreten; denn wahrhaftig, er war ein Mensch von bösem Lebenswandel. Der Teufel ist keineswegs schon restlos besiegt, noch auch gefesselt in den See aus Feuer geworfen. Nach einiger Zeit verlor sich die Geschichte, denn in dreißig Jahren wird viel vergessen. Als Sie kamen und mich um die Schlüssel baten, hatte ich zuerst vor, sie zurückzuhalten, doch dann dachte ich, es sei ein leerer Aberglaube, und ich spürte, dass Sie ohnehin nicht ablassen würden zu erbitten, was zunächst verweigert wurde; also überließ ich Ihnen die Schlüssel; ich merkte ja auch, dass es nicht bloße Neugier war, sondern der Wunsch, Ihre Begabung zu vervollkommnen, was Sie bewog, darum zu bitten.«

Der alte Mann hielt inne, und ich schwieg und dachte nach, wie ich es anstellen könnte, doch noch einmal in ihren Besitz zu gelangen.

»Gewiss, Sir«, sagte ich schließlich, »jemand, der so gebildet und höchst belesen ist wie Sie, kann nicht in eitlem Aberglauben befangen sein.«

»Wahrhaftig nicht«, antwortete er, »und doch ist es seltsam, dass zwei Menschen seit der Öffnung der Krypta gestorben sind; und die Würgemale sind deutlich auf dem Hals des alten Mannes und jedenfalls sichtbar auf dem des Kindes. Es ist kein Blut geflossen, aber beim zweiten Mal war der Griff fester als beim ersten. Beim dritten Mal, vielleicht ...«

»Ein solcher Aberglaube«, sagte ich mit Bestimmtheit, »ist ein völliger Mangel an Gottvertrauen. Das haben Sie selbst gesagt.«

Ich befleißigte mich eines hochmoralischen Tons, der oft bei gewissenhaften, demütigen Menschen Wirkung tut.

Er stimmte zu und klagte sich an, sein Glaube sei nicht einmal so groß wie ein Senfkorn; doch selbst als ich ihn so weit hatte, musste ich um die Schlüssel einen heftigen Kampf ausfechten. Nur indem ich ihm erklärte, dass, falls tatsächlich eine unheilvolle Macht am ersten Tag losgelassen worden war, sie jetzt jedenfalls auf Gedeih und Verderb draußen sei und kein Kommen oder Gehen meinerseits daran etwas ändern werde, setzte ich mich schließlich durch. Ich war jung, er war alt; mitgenommen von den Ereignissen, gab er endlich nach, und ich entrang ihm die Schlüssel.

Ich will nicht leugnen, dass ich an diesem Tag die Stufen mit einem unbestimmten, unerklärlichen Widerwillen hinunterging, der durch das Zufallen der beiden Türen hinter mir noch verstärkt wurde. Erst jetzt erinnerte ich mich an das schwache Klimpern des Schlüssels und an die anderen Laute, die ich am ersten Tag gehört hatte, und wie einer der Schädel hinuntergefallen war. Ich ging zu der Stelle, wo er immer noch lag. Wie ich bereits gesagt habe, waren jene Stapel aus Schädeln bis fast an die Wölbung der niedrigen Bögen geschichtet, die in dahinter liegende Bereiche der Gruft führten. Die Herauslösung des besagten Schädels hatte ein Loch hinterlassen, gerade groß genug, dass ich meine Hand hindurchstecken konnte. Oberhalb des Bogens bemerkte ich nun zum ersten Mal ein gemeißeltes Wappen und – beinahe ausgelöscht – den Namen Despard. Ohne Zweifel war dies die Gruft dieser Familie. Ich konnte nicht widerstehen, noch einige Schädel zu entfernen und in die Öffnung zu schauen, wobei ich die Kerze so nah wie möglich daranhielt. Die Gruft war voll. Hochgetürmt, einer über dem anderen, waren alte Särge und Überreste von Särgen und verstreute Knochen. Ich schreibe meinen gegenwärtigen Entschluss, mich feuerbestatten zu lassen, dem schmerzlichen Eindruck zu, den dieser Anblick auf mich machte. Einzig der dem Bogen zunächst stehende Sarg war heil, bis auf einen großen Riß quer über den Deckel. Ich konnte den Lichtstrahl meiner Kerze nicht auf die Messingtafeln richten, doch hegte ich keinen Zweifel, dass dies der Sarg des gottlosen Sir Roger war. Ich schichtete die Schädel zurück, einschließlich des heruntergerollten, und brachte meine Arbeit sorgfältig zu Ende. Ich blieb nicht länger als eine Stunde, doch ich war froh, wegzukommen.

Hätte ich aus Wet Waste sofort abreisen können, ich hätte es getan, denn ich hatte ein ganz unerklärliches Bedürfnis, diesen Ort zu verlassen. Doch ich erfuhr, dass täglich nur ein einziger Zug an dem Bahnhof hielt, von dem ich gekommen war, und dass ich ihn an diesem Tag nicht mehr erreichen konnte.

Darum ergab ich mich ins Unausweichliche und wanderte den Rest des Nachmittags bis zum späten Abend mit Brian umher, skizzierend und rauchend. Der Tag war drückend heiß, und selbst als die Sonne jenseits der verbrannten Matten der Hochebene untergegangen war, schien es kaum kühler zu werden. Kein Hauch regte sich. Am Abend, als ich es müde war, in den

Gassen herumzuschlendern, ging ich auf mein Zimmer und betrachtete erneut meine fertige Skizze des Freskos; sogleich begab ich mich an die Arbeit, den Teil meines Vortrags zu schreiben, der sich damit befasste. Normalerweise schreibe ich mit großer Mühe, aber an diesem Abend kamen die Worte mit geflügelter Schnelligkeit zu mir, und mit ihnen ein schwebender Eindruck, mich beeilen zu müssen, keine Zeit mehr zu haben. Ich schrieb und schrieb, bis meine Kerzen austropften und ich mich genötigt sah, beim Mondlicht fertig zu werden, welches, solange ich es nicht gerade zum Schreiben nutzen wollte, taghell wirkte.

Ich musste mein Manuskript weglegen. Da ich es noch zu früh fand, schlafen zu gehen, denn die Kirchturmuhr schlug gerade zehn, setzte ich mich ans offene Fenster und lehnte mich hinaus, um einen Hauch frischer Luft zu genießen. Die Nacht war von außerordentlicher Schönheit; und als ich hinausschaute, beruhigte sich die Nervosität, die Unrast meines Geistes. Der Mond, ein vollkommener Kreis, segelte - falls ein so dichterischer Ausdruck gestattet ist - sozusagen über den stillen Himmel. Jede Einzelheit des Dorfes war von seinem Schein so hell erleuchtet, als ob strahlender Tag wäre; ebenso verhielt es sich bei der nahen Kirche mit ihren uralten Eiben, und selbst die jenseitigen Hügel traten schwach wie durch Transparentpapier in Erscheinung.

So saß ich lange, auf die Fensterbank gestützt. Die Hitze war immer noch gewaltig. Ich bin sonst weder leicht in Hochstimmung noch schnell niedergeschlagen. Doch als ich in dieser Nacht in dem einsamen Dorf am Moor, mit Brians Kopf auf dem Knie, dasaß, kam nach und nach, ich weiß nicht wie oder warum, eine tiefe Schwermut über mich.

Mein Geist kehrte zurück zu der Krypta und zu den unzähligen Toten, die dort hingeschafft worden waren. Der Anblick des Zieles, an dem alles menschliche Leben und alle Kraft und Schönheit enden, hatte mich zuvor nie berührt, doch jetzt schien selbst die Luft um mich herum vom Tod gesättigt.

Was war der Sinn davon, so fragte ich mich, dass ich arbeitete und mich abplagte, mein Herz und meine Jugend aufrieb in der Mühle langwieriger und mühsamer Plackerei, angesichts dessen, dass im Grab Dummheit und Begabung, Faulheit und Arbeit nebeneinander liegen und gleichermaßen dem Vergessen anheim gegeben sind? Arbeit schien sich vor mir zu erstrecken, bis mein Herz von der Vorstellung wehtat; sie schien sich zu erstrecken noch bis zum Ende meines Lebens, und dann erwartete mich, als Entgelt dafür - das Grab. Selbst wenn ich Erfolg hatte, wenn ich mein Leben mit Mühsal hinbrachte und Erfolg hatte, was blieb mir am Ende? Das Grab. Etwas früher, wenn Hände und Augen noch Kraft hätten zu arbeiten, oder etwas später, wenn alle Kraft und Sicht ihnen genommen wären, früher oder später - nur: *das Grab*.

Ich schäme mich nicht für den übermäßig morbiden Grundton dieser Überlegungen, da ich überzeugt bin, dass sie von der Wirkung des Mondes, den ich zu beschreiben versucht habe, herrührte. Der Mond in seinen verschiedenen Vierteln hat immer einen entscheidenden Einfluss auf die subdominante, das heißt dichterische Seite meiner Natur ausgeübt.

Schließlich raffte ich mich auf. Als der Mond herum kam und ins Zimmer schien, nahm ich mich zusammen und ging bei offenem Fenster zu Bett.

Ich schlief beinahe sofort ein, kann aber nicht sehr lange geschlafen haben, als ich von Brian geweckt wurde. Er knurrte leise und gedämpft, wie er es manchmal im Schlaf tat, wenn seine Nase in seinem Fell vergraben war. Ich rief ihm zu, er solle still sein, und da er nicht hörte, drehte ich mich im Bett, um meine Streichholzschachtel oder etwas anderes zu finden und nach ihm zu werfen. Das Zimmer war immer noch vom Mond erleuchtet, und während ich Brian anschaute, sah ich, wie er den Kopf hob und offensichtlich aufwachte. Ich ermahnte ihn und war gerade wieder am Einschlafen, als er wild und tief zu knurren begann und mich höchst nachdrücklich weckte. Gleich schüttelte er sich, stand auf und begann, durchs Zimmer zu schnüren. Ich setzte mich im Bett auf und rief ihn, doch er achtete nicht auf mich. Plötzlich blieb er im

Mondlicht stehen: Er bleckte die Zähne und duckte sich, wobei seine Augen etwas in der Luft verfolgten. Ich blickte ihn voller Erschrecken an. Wurde er verrückt? Seine Augen funkelten, und sein Kopf schwankte leicht hin und her, als beobachtete er die schnellen Bewegungen eines Feindes. Dann, mit einem wütenden Knurren, schnellte er hoch und kam in großen Sprüngen durch das Zimmer auf mich zu, stieß gegen die Möbel, rollte mit den Augen und schnappte und biss wild mit den Zähnen nach der Luft. Ich sah, dass er irre geworden war. Ich sprang aus dem Bett, rannte zu ihm und packte ihn am Hals. Ein Wolke war vor den Mond gezogen, doch in der Dunkelheit fühlte ich, wie Brian sich gegen mich wandte, sich aufrichtete und seine Zähne in meinen Hals grub. Ich wurde erwürgt. Mit dem Mut der Verzweiflung hielt ich seinen Hals umfasst, schleppte ihn durch das Zimmer und versuchte, seinen Kopf am eisernen Gitter des Bettgestells zu zerschmettern. Es war meine einzige Chance. Ich spürte, wie mir das Blut am Hals hinunterlief. Ich war am Ersticken. Nach einem Augenblick fürchterlichen Kampfes schlug ich seinen Kopf gegen die Stange und hörte, wie sein Schädel barst. Ein letztes Mal spürte ich sein Zucken und Stöhnen, dann fiel ich in Ohnmacht.

Als ich zu mir kam, lag ich auf dem Boden, umstanden von den Bewohnern des Hauses, meine roten Hände immer noch um Brians Hals gekrampft. Jemand hielt eine Kerze zu mir hin, und ein Luftzug vom Fenster ließ sie aufflammen und flackern. Ich blickte Brian an. Er war mausetot. Das Blut aus seinem zerschlagenen Kopf tropfte langsam über meine Hände. Sein großer Kiefer war fest um etwas geschlossen, das ich – in dem unsicheren Licht – nicht erkennen konnte.
Sie versetzten das Licht etwas.
»Oh Gott!«, schrie ich. »Da! Seht! Seht!«
»Er ist übergeschnappt«, sagte jemand, und ich fiel erneut in Ohnmacht.

Etwa zwei Wochen lang war ich krank und erlangte das Bewusstsein nicht wieder, eine Zeitverschwendung, an die ich selbst jetzt noch nicht ohne bittere Reue denken kann. Als ich schließlich zu mir kam, fand ich mich sorgsam gepflegt von dem alten Pfarrer und den Leuten des Hauses. Ich habe oft gehört, wie über die allgemeine Herzlosigkeit der Welt hergezogen wird, doch ich für meinen Teil kann ehrlich sagen, dass ich sehr viel mehr Güte erfahren habe, als ich je zurückzahlen kann. Die Menschen auf dem Land kümmern sich in bemerkenswerter Weise um Fremde, die krank geworden sind.
Ich fand keine Ruhe, bis ich den mich behandelnden Arzt gesprochen und seine Versicherung erhalten hatte, dass ich meinen Vortrag termingerecht würde halten können. Nachdem diese drängende Sorge von mir genommen war, erzählte ich ihm, was ich gesehen hatte, bevor ich zum zweiten Mal in Ohnmacht gefallen war. Er hörte mir aufmerksam zu und versicherte mir dann in einem Ton, der beruhigend wirken sollte, dass ich unter einer Halluzination gelitten hätte, die zweifellos von dem Schrecken über den plötzlichen Irrsinn meines Hundes ausgelöst war.
»Hast du den Hund gesehen, nachdem er tot war?«, fragte ich.
Er bejahte. Der graue Kiefer war bedeckt von Blut und Schaum; die Zähne schienen tatsächlich krampfhaft geschlossen, aber da es sich offensichtlich infolge der Hitze um einen Fall von außerordentlich bösartiger Tollwut handelte, hatte er den Kadaver sofort begraben lassen.

Mein Gefährte hörte auf zu sprechen, als wir unser Quartier erreichten und nach oben gingen. Dann zündete er eine Kerze an und klappte den Kragen herunter.
»Siehst du, ich habe immer noch die Male«, sagte er, »aber ich habe keine Angst, an Tollwut zu sterben. Man sagt mir, dass solche seltsamen Narben nicht von den Zähnen eines Hundes herstammen können. Wenn du genau hinschaust, siehst du die Abdrücke der fünf Finger. Das ist der Grund, warum ich hohe Kragen trage.«

Saki

Die offene Tür

»Meine Tante kommt gleich nach unten, Mr. Nuttel«, sagte eine sehr selbstbewusste junge Dame von fünfzehn Jahren. »Unterdessen müssen Sie mit mir vorlieb nehmen.«

Framton Nuttel bemühte sich, das Richtige zu sagen - etwas, das der anwesenden Nichte gebührend schmeichelte, ohne die noch zu erwartende Tante ungebührlich hintanzusetzen. Insgeheim zweifelte er mehr denn je, ob diese formellen Besuche bei einer Reihe völlig fremder Menschen sich für die Erholungskur, der er sich wegen seiner Nerven unterziehen sollte, als besonders nützlich erweisen würden.

»Ich kann mir vorstellen, wie es sein wird«, hatte seine Schwester gesagt, als er sich anschickte, sich in diese ländliche Abgeschiedenheit zurückzuziehen. »Du wirst dich verkriechen und mit keiner Menschenseele sprechen, und vom Herumdrucksen wird es um deine Nerven schlimmer denn je stehen. Ich möchte dir ein paar Einführungsbriefe an all die Leute mitgeben, die ich damals kennen gelernt habe. Ein paar von ihnen waren, soweit ich mich erinnern kann, recht nett.«

Framton fragte sich, ob Mrs. Sappleton, die Dame, der er gerade einen seiner Einführungsbriefe überreichen wollte, zu der »recht netten« Gruppe gehöre.

»Kennen Sie viele Leute hierherum?«, fragte die Nichte, als sie fand, dass sie sich lange genug stumm gegenübergesessen hätten.

»Sozusagen keine Menschenseele«, erwiderte Framton. »Meine Schwester hat vor etwa vier Jahren hier gewohnt, im Pfarrhaus nämlich, und sie hat mir Einführungsbriefe an ein paar Leute mitgegeben.«

Diesen letzten Satz sprach er in einem Ton deutlichen Bedauerns.
»Dann wissen Sie so gut wie nichts über meine Tante?«, forschte die selbstbewusste junge Dame weiter.
»Nur ihren Namen und die Adresse«, gab der Besucher zu. Er fragte sich, ob Mrs. Sappleton verheiratet oder verwitwet sei. Ein unbestimmtes Etwas im Zimmer schien darauf hinzudeuten, dass auch Männer hier wohnten.
»Die große Tragödie im Leben meiner Tante ereignete sich vor genau drei Jahren«, plauderte das junge Ding. »Zu der Zeit war Ihre Schwester wohl nicht mehr hier.«
»Eine Tragödie?«, fragte Framton. Tragödien schienen in dieser ruhigen, ländlichen Gegend fehl am Platz.
»Vielleicht haben Sie sich gewundert, weshalb wir die Glastür an einem Oktobernachmittag noch so weit offen stehen lassen«, sagte die Nichte und deutete auf eine große Terrassentür, die auf den Rasen führte.
»Für diese Jahreszeit ist es ziemlich warm«, meinte Framton. »Aber hat die Glastür etwas mit der Tragödie zu tun?«
»Durch diese Tür gingen vor genau drei Jahren der Mann meiner Tante und ihre beiden jüngeren Brüder hinaus, auf die Jagd, wie jeden Tag. Sie kehrten nie mehr zurück. Als sie das Moor überqueren wollten, um zu der Stelle zu gelangen, die sie für die Schnepfenjagd bevorzugten, versanken alle drei in dem tückischen Sumpf. Sie erinnern sich vielleicht an jenen greulich nassen Sommer? Stellen im Moor, die in andern Jahren völlig sicher waren, gaben unversehens nach. Ihre Leichen hat man nie gefunden – das ist das Furchtbarste an der Sache!« Die Stimme des Mädchens klang plötzlich gar nicht mehr so selbstsicher, sondern bebte recht menschlich. »Meine arme Tante glaubt immer noch, dass sie eines Tages zurückkommen könnten, die drei und ihr kleiner brauner Spaniel, der mit ihnen zusammen verschwunden ist; dass sie einfach wieder durch die Tür hier hereinkämen, wie immer. Deshalb bleibt die Glastür jeden Spätnachmittag offen stehen, bis es ganz dunkel ist. Die arme, liebe Tante – sie hat mir oft erzählt, wie

sie loszogen, ihr Mann mit dem weißen Regenmantel über dem Arm, und Ronnie, ihr jüngerer Bruder, sang ganz vergnügt: ›Bertie, warum springst du so?‹, denn das tat er immer, um sie zu foppen, weil sie mal gesagt hatte, es gehe ihr auf die Nerven. Und denken Sie: An einem stillen, ruhigen Abend wie heute überwältigt mich manchmal fast ein gruseliges Gefühl, dass sie alle durch die offene Tür zurückkehren könnten ...«
Mit einem kleinen Schauder brach sie ab. Framton empfand es wie eine Erleichterung, als die Tante endlich unter einem Schwall von Entschuldigungen, weil sie so spät erschiene, ins Zimmer gestürmt kam.
»Hoffentlich hat Vera Sie gut unterhalten?«, fragte sie.
»Es war sehr interessant«, entgegnete Framton.
»Hoffentlich stört Sie die offene Tür nicht?« begann Mrs. Sappleton mit munterer Stimme. »Mein Mann und meine Brüder müssen gleich von der Jagd zurückkehren - sie kommen nämlich immer hier herein. Sie wollten heute Schnepfen schießen - im Moor -, und werden mir daher meine armen Teppiche schmutzig machen. Typisch Männer, nicht wahr?«
Sie plapperte vergnügt weiter - über die Jagd, und dass die Schnepfen seltener werden, und über die Aussichten für die Entenjagd in diesem Winter. Für Framton war es ganz grauenhaft. Er unternahm einen verzweifelten, aber nur teilweise erfolgreichen Versuch, das Gespräch auf ein weniger gespensterhaftes Thema zu bringen; er spürte, dass seine Gastgeberin ihm nur einen Bruchteil ihrer Aufmerksamkeit zuwandte und dass ihre Augen ständig an ihm vorbei zur offenen Tür und dem dahinter liegenden Rasen schweiften. Es war zweifellos ein unglückliches Zusammentreffen, dass er seinen Besuch an diesem tragischen Jahrestag abzustatten hatte.
»Die Ärzte sind einstimmig dafür, mir völlige Ruhe zu verordnen, und seelische Aufregung soll ich ebenso vermeiden wie jede körperliche Überanstrengung«, erklärte Framton, der unter dem ziemlich weit verbreiteten Irrtum litt, dass völlig Fremde und Zufallsbekannte sich bis in die kleinste Einzelheit für seine Leiden und Gebrechen und für deren Ursache und

Behandlung interessierten. »Was die Diät betrifft, sind sie nicht so sehr derselben Meinung.«
»So - nicht?«, äußerte Mrs. Sappleton mit einer Stimme, die nur im letzten Moment ein Gähnen verbarg. Dann war sie plötzlich ganz voll munterer Aufmerksamkeit - jedoch nicht für das, was Framton sagte.
»Da kommen sie endlich!«, rief sie. »Gerade rechtzeitig zum Tee! Aber sehen sie nicht aus, als wären sie bis zu den Augen durch den Sumpf gewatet?«
Framton schauerte unmerklich zusammen und wandte sich mit einem Blick, der Mitgefühl und Verständnis ausdrücken sollte, der Nichte zu. Doch das Kind starrte in stummem Entsetzen durch die offene Tür. Framton drehte sich, von einem eisigen Schauder namenloser Furcht gepackt, auf seinem Sessel herum und blickte in die gleiche Richtung.
Durch die zunehmende Dämmerung schritten drei Männer über den Rasen und auf die offene Tür zu; alle drei hatten eine Flinte unter dem Arm, und dem einen hing außerdem ein weißer Mantel um die Schultern. Ein müder brauner Spaniel folgte dicht hinter ihnen. Lautlos näherten sie sich dem Haus -, und dann sang im Zwielicht eine heisere junge Stimme: »Aber Bertie, warum springst du so?«
Framton griff ungestüm nach seinem Stock und Hut; Haustür, Kiesweg und Gartentor waren flüchtig wahrgenommene Etappen seines überstürzten Rückzugs. Ein Radfahrer, der auf der Landstraße einherkam, musste in eine Hecke einbiegen, um einen Zusammenstoß zu vermeiden.
»Da sind wir wieder, Liebste«, sagte der Mann im weißen Regenmantel und schritt durch die offene Tür. »Ziemlich verschlammt zwar, aber das meiste ist schon angetrocknet. Wer ist denn eben weggestürzt, als wir kamen?«
»Ein ganz erstaunlicher Mann, ein gewisser Mr. Nuttel«, erwiderte Mrs. Sappleton. »Er konnte nur von seiner Krankheit sprechen, und als ihr kamt, sauste er auf und davon - ohne sich zu verabschieden oder zu entschuldigen. Man hätte denken können, er habe ein Gespenst gesehen!«

»Ich glaube, es war wegen des Spaniels«, erklärte die Nichte gelassen. »Er hat mir erzählt, dass er Hunde nicht ausstehen kann. Irgendwo am Ufer des Ganges hat ihn mal ein Rudel verwilderter Hunde bis auf einen Friedhof verfolgt, und er musste die Nacht in einem frisch ausgehobenen Grab zubringen, während direkt über ihm die Bestien knurrten und die Zähne fletschten und vor Wut geiferten. Da kann schließlich jeder die Nerven verlieren.«
Tolle Geschichten aus dem Stegreif waren ihre Spezialität.

William Mudford

Das eiserne Leichentuch

Die Burg des Fürsten von Tolfi war auf der Spitze des hochaufragenden, steilen Felsens von Scilla errichtet und bot eine großartige Aussicht auf Sizilien in all seiner Pracht. Hier wurden während der Kriege des Mittelalters, als die fruchtbaren Ebenen Italiens von feindlichen Parteien verwüstet wurden, jene Gefangenen festgehalten, für deren Freilassung ein hohes Lösegeld gefordert wurde. Hier wurde aber auch in einem Verlies, das tief aus dem festen Felsgestein herausgehauen war, das beklagenswerte Opfer eingekerkert, das von der Rache verfolgt wurde - der schwarzen, wilden, mitleidslosen Rache eines italienischen Herzens.

Vivenzio - edel und hochherzig, furchtlos im Kampf und der Stolz Neapels in seinen sonnigen Stunden des Friedens - der junge, der tapfere, der stolze Vivenzio geriet in die Gewalt jenes subtilen und gnadenlosen Geistes der Rache. Er war der Gefangene Tolfis und schmachtete in jenem felsenumschlossenen Kerker, der für sich allein stand und dessen Tore sich nicht zweimal für einen lebendigen Gefangenen auftaten.

Er hatte die Gestalt eines riesigen Käfigs, denn Decke, Fußboden und Wände waren aus Eisen, solide geschmiedet und geräumig gebaut. Hoch oben verlief eine Reihe von sieben vergitterten Fenstern, geschützt von massiven Stäben aus demselben Metall, die Licht und Luft hereinließen. Bis auf diese Fenster und die hohe, zweiflügelige Tür unter ihnen, die die Mitte einnahm, gab es keinen Riss, keine Spalte, keinen Vorsprung, der die glatte, schwarze Oberfläche der Wände unterbrochen hätte. In einer Ecke stand eine eiserne, mit Stroh bedeckte Bettstatt und daneben ein Gefäß mit Wasser und ein derber Napf mit noch derberer Kost.

Selbst die unerschrockene Seele Vivenzios schauderte vor Entsetzen, als er diese Stätte betrat und hörte, wie die massige Tür von den schweigsamen Schurken, die ihn dorthin geführt hatten, dreifach verschlossen wurde. Ihr Schweigen schien ihm prophetisch auf sein Schicksal hinzudeuten, auf diese Gruft, in der er lebendig begraben werden sollte. Seine Drohungen und seine Bitten, seine empörten Aufforderungen, Gerechtigkeit walten zu lassen, wie auch seine ungeduldigen Fragen nach ihren Absichten – alles war gleichermaßen umsonst. Sie hörten zu, aber sprachen nicht. Geeignete Werkzeuge eines Verbrechens, das keine Zunge haben durfte!
Wie trostlos es klang, als sich ihre Schritte immer weiter entfernten! Und als ihr schwaches Echo allmählich in dem gewundenen Gang verhallte, wuchs in ihm eine schreckliche Ahnung, dass er niemals wieder ein menschliches Gesicht, eine Stimme oder einen Schritt mit seinen Sinnen wahrnehmen würde. Er hatte zum letzten Mal menschliche Wesen gesehen! Und er hatte seinen letzten Blick auf den klaren Himmel und die lächelnde Erde geworfen – und auf eine schöne Welt, die er liebte und deren Liebling er gewesen war! Hier sollte er sein Leben beschließen, ein Leben, das zu genießen er gerade begonnen hatte. Und auf welche Weise? Durch heimliches Gift? Oder durch einen Mordanschlag? Nein, denn dann hätte man ihn nicht dorthin zu bringen brauchen. Durch Verhungern vielleicht – tausend Tode in einem! Es war entsetzlich, daran zu denken – aber es war noch viel entsetzlicher, sich lange, lange Jahre der Gefangenschaft vorzustellen in einer Einsamkeit, die so schrecklich war, in einer so trostlosen Verlassenheit, dass die Gedanken in Ermangelung eines Gefährten sich im Wahnsinn verlieren oder in Schwachsinn stagnieren würden.
Er konnte nicht hoffen zu entkommen, es sei denn, er hätte die Kraft, mit seinen bloßen Händen die massiven Eisenwände seines Gefängnisses auseinander zu reißen. Er konnte auch nicht hoffen, dass sich sein Feind seiner erbarmen und ihm die Freiheit schenken könnte. Sein augenblicklicher Tod

durch irgendeine raffinierte Grausamkeit war ebenfalls nicht Tolfis Ziel, denn dieser hätte ihn töten können - und hatte es nicht getan. Es war daher nur zu offensichtlich, dass man ihn für einen vorher ausgeklügelten Plan einer subtilen Rache aufhob. Und welche Rache könnte in ihrer teuflischen Bosheit den langsamen Hungertod übersteigen - oder den noch langsameren Tod durch eine von allen abgesonderte Einkerkerung, bis der allerletzte Lebensfunke erlosch oder bis einen der Verstand verließ und nichts mehr übrig blieb, um zu Grunde zu gehen, als die tierischen Körperfunktionen?

Es war Abend, als Vivenzio sein Verlies betrat, und die sich herabsenkenden Schatten der Nacht hüllten es in tiefste Dunkelheit, als er auf und ab ging und diese grauenhaften Ahnungen in seinem Kopf hin und her wälzte. Kein Glockenschlag, weder von der Burg her noch von irgendeiner benachbarten Kirche, sagte ihm, wie die Stunden vergingen. Häufig hielt er inne und lauschte, ob nicht ein Geräusch die Nähe eines Menschen anzeige, aber die Einsamkeit der Wüste, die Stille des Grabes sind nicht so still und tief wie die niederdrückende Einsamkeit, von der er umgeben war. Ihm sank das Herz, und er warf sich niedergeschlagen auf sein Bett von Stroh. Hier löschte der Schlaf allmählich das Bewusstsein des Elends aus, und sanfte Träume trugen seinen entzückten Geist zu Szenen, die einst für ihn glühende Realität gewesen waren und in deren hinreißenden Trugbildern er bald die Erinnerung darin verlor, dass er Tolfis Gefangener war.

Als er erwachte, war es Tag, aber wie lange er geschlafen hatte, wusste er nicht. Es mochte früher Morgen sein oder schwüler Mittag, denn er konnte das Verstreichen der Zeit an keinem anderen Zeichen messen als an Licht und Dunkelheit. Er war im Schlaf so glücklich gewesen, unter Freunden, die ihn liebten, und den süßeren Liebkosungen jener, die ihn liebten, wie Freunde es nicht konnten, dass die Einsicht in seine Situation ihm in den ersten Augenblicken des Erwachens so in sein aufgeschrecktes Bewusstsein zu dringen schien, als käme sie ihm zum ersten Mal, ganz neu in ihren grausigen Schrecken. Er blickte mit einem Ausdruck des Zweifels und des Staunens um sich, er nahm eine Handvoll von dem Stroh auf, auf dem er lag, als ob er sich fragte, was es zu bedeuten habe. Aber die Erinnerung, ihrer Aufgabe nur zu getreu, entschleierte bald die melancholische Vergangenheit, während der Verstand, vor der Aufgabe schaudernd, ihm die fürchterliche Zukunft blitzartig vor Augen führte. Der Gegensatz überwältigte ihn. Eine ganze Zeit lang fuhr er damit fort, den strahlenden Visionen nachzujammern, als wären sie wahr gewesen, während er vor der Gegenwart zurückschauderte, die an ihm haftete wie ein vergiftetes Gewand.

Als er ruhiger wurde, musterte er seinen düsteren Kerker. Ach! Das stärkere Licht des Tages diente nur dazu, ihm zu bestätigen, was die verschwommene Dunkelheit des vorhergehenden Abends bereits teilweise enthüllt hatte: die absolute Unmöglichkeit einer Flucht. Wie er jedoch seinen Blick in die Runde gehen ließ, von Stelle zu Stelle, da fielen ihm zwei Umstände auf, die ihn überraschten und seine Neugier weckten. Der eine, dachte er, mochte Einbildung sein, aber der andere war unumstößlich. Sein Wasserkrug und die Schüssel, die sein Essen enthielt, waren, während er schlief, aus seiner Nähe entfernt worden und standen jetzt bei der Tür.

Selbst wenn er geneigt gewesen wäre, dies zu bezweifeln und anzunehmen, er habe sich in dem Ort geirrt, wo er sie über Nacht gesehen hatte, so konnte er es doch nicht, denn der Krug, der jetzt in seinem Kerker stand, hatte weder dieselbe Form noch dieselbe Farbe, und das Essen war gegen ein anderes von besserer Qualität ausgetauscht worden. Er war also während der Nacht besucht worden. Aber wie war die betreffende Person hereingekommen? Konnte er so tief geschlafen haben, dass das Aufschließen und Öffnen jener wuchtigen Tür hatte vor sich gehen können, ohne ihn zu wecken? Er würde gesagt haben, dass dies nicht möglich war, aber damit musste er eine größere Schwierigkeit eingestehen, nämlich den Zutritt auf einem anderen Wege, von dem er überzeugt war, dass er nicht existierte. Dann hatte man nicht vor, ihn Hungers sterben zu lassen. Aber die geheime und geheimnisvolle Art, in der man ihn mit Nahrung versorgte, schien darauf hinzudeuten, dass er keine Gelegenheit bekommen sollte, mit einem menschlichen Wesen in Verbindung zu treten.

Der andere Umstand, der seine Aufmerksamkeit erregt hatte, war das Verschwinden, wie er glaubte, eines der sieben vergitterten Fenster, die hoch oben an einer Wand seines Gefängnisses entlangliefen. Er war überzeugt, dass er sie genau gesehen und gezählt hatte, denn ihre Anzahl hatte ihn überrascht, und ihre Form sowohl wie die Art ihrer Anordnung in unregelmäßigen Abständen hatten etwas Eigenartiges. Es war jedoch so viel einfacher anzunehmen, er habe sich geirrt, als dass ein Stück des massiven Eisens, aus dem die Wände gebildet waren, von seiner Stelle gewichen sei, dass er diese Vorstellung bald aus seinen Gedanken verbannte.

Vivenzio nahm das Essen, das er vorfand, unbesorgt zu sich. Es konnte vergiftet sein, aber wenn es auch so wäre, so wusste er, dass er dem Tod nicht entrinnen konnte, sollte dieser in Tolfis Absicht liegen. Und der schnellste Tod wäre die rascheste Erlösung.

Der Tag verging mühsam und trübselig, obwohl nicht ohne eine schwache Hoffnung, dass er, wenn er nachts Wache hielte, sehen könnte, wie jene Person ihm wieder das Essen brächte, was sie, wie er annahm, auf genau die gleiche Weise tun würde wie vorher. Der bloße Gedanke daran, dass sich ihm ein lebendes Wesen nahen würde, und an die sich dadurch möglicherweise bietende Gelegenheit, etwas über sein ihm bereitetes oder in der Vorbereitung begriffenes Schicksal zu erfahren, bot ihm einigen Trost. Überdies, wenn er allein kam, könnte er ihn nicht in einem wütenden Angriff überwältigen? Oder er könnte dem Mitleid zugänglich sein oder dem Einfluss solch großzügiger Belohnung, wie er sie ihm zukommen lassen könnte, wenn er wieder frei und sein eigener Herr wäre. Das Schlimmste, was geschehen konnte, falls weder Bestechung noch inständige Bitten noch Gewalt etwas ausrichteten, war, dass ihn ein ersehnter Schlag niederstreckte, der, obwohl

für eine verdammenswürdige Sache ausgeteilt, ein erwünschtes Ende bewirken mochte. Es gab keine noch so hoffnungslose Aussicht, die in Vivenzios Augen nicht lieblich gewesen wäre – verglichen mit der Vorstellung, vollkommen aufgegeben zu sein.
Es wurde Nacht, und Vivenzio wachte. Es wurde Morgen, und Vivenzio war bestürzt! Er musste geschlafen haben, ohne es zu wissen. Der Schlaf musste ihn überkommen haben, als er vor Müdigkeit erschöpft war, und während jener Spanne fiebriger Ruhe war sein Vorhaben durchkreuzt worden; da stand sein frisch gefüllter Wasserkrug und da sein Essen für den Tag!
Und das war nicht alles. Als er seine Blicke auf die Fenster seines Kerkers richtete, zählte er nur noch FÜNF! Hier lag keine Täuschung vor, und er war jetzt davon überzeugt, dass er sich auch am Vortag nicht getäuscht hatte. Aber worauf deutete dies alles hin? In welch einen seltsamen und geheimnisvollen Bau war er geworfen worden? Er schaute, bis seine Augen schmerzten: Er konnte nichts entdecken, was das Geheimnis enträtselt hätte. Dass es so war, wusste er. Warum es so war, konnte er nicht einmal vermuten, so sehr er auch seine Phantasie anstrengte. Er untersuchte die Tür. Ein einzelner Umstand allein überzeugte ihn, dass sie nicht geöffnet worden war.
Ein Strohwisch, den er am Tag zuvor beim Auf- und Abgehen achtlos dagegen geworfen hatte, lag noch dort, wo er hingefallen war, obwohl er durch die geringste Bewegung einer der beiden Türflügel hätte verschoben werden müssen. Dies war ein Beweis, der nicht bestritten werden konnte. Und daraus folgte, dass es in den Wänden einen geheimen Mechanismus geben musste, der den Zutritt ermöglichte. Er sah sie sich genau an. Sie schienen ihm eine einzige solide und kompakte Masse aus Eisen zu sein, und wenn sie zusammengefügt waren, falls überhaupt, dann so außerordentlich kunstvoll, dass keine Nahtstelle sichtbar war. Er musterte sie wieder und wieder – und den Boden – und die Decke – und jene Reihe geisterhafter Fenster, als die er jetzt fast versucht war, sie anzu-

sehen: Er konnte nichts, absolut nichts entdecken, was seine Zweifel zerstreut oder seine Neugier befriedigt hätte. Zuweilen bildete er sich ein, dass der Kerker im Ganzen genommen ein verengtes Aussehen hatte, dass er kleiner aussah, aber dies schrieb er der Einbildung zu und dem Eindruck, den das zweifellose Verschwinden zweier Fenster natürlicherweise auf ihn machen musste.

Mit größter Unruhe wartete Vivenzio auf die Wiederkehr der Nacht, und als sie kam, nahm er sich vor, dass kein verräterischer Schlaf ihn wieder hintergehen sollte. Anstatt sein Strohlager aufzusuchen, fuhr er bis zum Tagesanbruch fort, in seinem Kerker auf und ab zu gehen, indem er angestrengt versuchte, mit seinen Blicken die Dunkelheit in allen Richtungen zu durchdringen, gespannt auf eine Erscheinung wartend, die diese Rätsel erklären könnte. Während er auf diese Weise beschäftigt war, spürte er gegen zwei Uhr (so annähernd, wie er es nach der Zeit, die danach noch bis zum Morgen verstrich, schätzen konnte) eine leichte, zitternde Bewegung des Fußbodens.

Er blieb stehen. Die Bewegung dauerte fast eine Minute, aber sie war so außerordentlich sanft, dass er fast daran zweifelte, ob sie wirklich war oder nur eingebildet.

Er lauschte. Nichts war zu hören. Gleich darauf jedoch fühlte er, wie ihn ein Strom kalter Luft anwehte. Er stürzte in die Richtung, aus der er zu kommen schien, und stolperte über etwas, was er für die Wasserkanne hielt. Der kalte Luftstrom war nicht länger spürbar, und als Vivenzio die Hände ausstreckte, fand er sich dicht an der Wand. Er blieb eine beträchtliche Zeit lang unbeweglich stehen, aber während der restlichen Nacht ereignete sich nichts mehr, was seine Aufmerksamkeit geweckt hätte, obwohl er fortfuhr, mit unverminderter Wachsamkeit Acht zu geben.

Durch die vergitterten Fenster wurde das erste Herannahen des Morgens sichtbar und zerteilte mit schwachen Lichtstreifen die Dunkelheit, die sonst noch überall herrschte, lange bevor Vivenzio in der Lage war, irgendwelche Gegenstände in

seinem Kerker zu unterscheiden. Instinktiv und voller Furcht wandte er seine Augen, die vom Wachen heiß und entzündet waren, ihnen zu.
Es waren VIER! Er konnte nur vier sehen, aber es mochte ja sein, dass sich irgendein Gegenstand zwischen ihm und dem Fenster befand und es den Blicken entzog. Er wartete ungeduldig darauf, feststellen zu können, ob es so war. Als jedoch das Licht an Stärke zunahm und jede Ecke der Zelle durchdrang, fielen ihm andere befremdliche Dinge ins Auge. Am Boden lagen die Scherben des Kruges, den er am Tag davor benutzt hatte, und in geringer Entfernung von ihnen, näher an der Wand, stand derselbe Krug, den er am ersten Abend benutzt hatte. Er war mit Wasser gefüllt, und daneben stand sein Essen.
Er war nun sicher, dass durch irgendeine mechanische Vorrichtung eine Öffnung in der eisernen Wand bewerkstelligt werden konnte und dass durch diese Öffnung auch der kalte Luftstrom Einlass gefunden hatte. Aber wie geräuschlos! Denn hätte sich zu diesem Zeitpunkt auch nur eine Feder hin und her bewegt, er hätte es hören müssen. Wieder untersuchte er jenen Teil der Wand, aber dem Blick sowohl wie der Berührung bot sie eine glatte, gleichförmige Oberfläche, während wiederholte heftige Schläge keinerlei Nachhall hervorriefen, der einen Hohlraum angezeigt hätte.
Dieses verwirrende Rätsel hatte seine Gedanken eine Zeit lang von den Fenstern abgelenkt. Aber nun, da er seine Blicke wieder auf sie richtete, sah er, dass das fünfte in genau der gleichen Weise verschwunden war wie die beiden vorhergehenden, ohne die geringste erkennbare Veränderung des äußeren Anscheins. Die restlichen vier sahen aus wie die sieben ursprünglich ausgesehen hatten, das heißt sie nahmen in unregelmäßigen Abständen den oberen Teil der Wand auf dieser Seite des Kerkers ein. Auch die hohe zweiflügelige Tür schien sich noch genau in der Mitte unter den vieren zu befinden, wie sie sich vorher in der Mitte unter den sieben befunden hatte. Aber er konnte nicht länger an dem zweifeln, wovon er sich

noch am vorhergehenden Tag eingebildet hatte, es könnte eine optische Täuschung sein.

Der Kerker war kleiner! Die Decke hatte sich gesenkt, und die gegenüberliegenden Seiten hatten die dazwischen liegende Entfernung um so viel verkürzt, glaubte er, wie die drei Fenster an Platz eingenommen hatten. Seine fruchtlosen Bemühungen, sich vorzustellen, wie diese Vorgänge zu erklären seien, verwirrten ihn nur noch mehr. Irgendeine grässliche Absicht - eine teuflische Tortur der Seele oder des Körpers - eine beispiellose Einrichtung, die das empfindlichste Elend hervorrufen sollte, lauerte, dessen war er sicher, in dem, was vorgefallen war.

Von dieser Überzeugung niedergedrückt und mehr von der schrecklichen Ungewissheit seines bevorstehenden Schicksals gequält, als ihn die sichere Gewissheit des Schlimmsten, so dachte er, je schrecken könnte, saß er grübelnd Stunde um Stunde und ließ sich von einer wilden Vorstellung nach der anderen ängstigen. Schließlich durchschoss ihn plötzlich ein grauenhafter Verdacht, und er fuhr ganz außer sich hoch.

»Ja!«, rief er aus, indem er sich wild in seinem Kerker umblickte und schauderte. »Ja, so muss es sein! Ich sehe es! - Ich fühle die Wahrheit wie sengende Flammen in meinem Kopf! Ewiger Gott! - Hilf mir! Es muss so sein! Ja, ja, das soll mein Los sein! Jene Decke wird sich herabsenken! - Diese Wände werden mich einengen - und langsam, ganz langsam in ihren eisernen Armen zermalmen! O Herrgott, sieh auf mich herab und schlage mich in Deiner Gnade mit dem augenblicklichen Tod! O du Unmensch - o du Teufel, ist das deine Rache?«

Er warf sich in wilder Verzweiflung auf den Boden, Tränen stürzten aus seinen Augen, und der Schweiß stand ihm in großen Tropfen auf dem Gesicht. Er schluchzte laut, raufte sich das Haar, rollte sich hin und her wie einer, der unerträgliche Körperqualen erleidet, und hätte am liebsten in den Eisenfußboden unter sich gebissen. Mit flüsternder Stimme stieß er furchtbare Verwünschungen gegen Tolfi aus und sandte im nächsten Augenblick leidenschaftliche Gebete zum Himmel,

in denen er um seinen augenblicklichen Tod bat. Dann ließ die Gewalt seines Schmerzes nach. Er lag still und weinte wie ein Kind.
Das Zwielicht des scheidenden Tages verbreitete seinen Dämmerschein um ihn, ehe er sich aus dieser Stellung des äußersten, hoffnungslosen Grams erhob. Er hatte keine Nahrung zu sich genommen. Nicht ein einziger Tropfen Wasser hatte das Fieber seiner ausgedörrten Lippen gekühlt. Sechsunddreißig Stunden hatte sich kein Schlaf auf seine Augen gesenkt. Er war schwach vor Hunger, müde vom Wachehalten und dem Übermaß seiner Gefühle. Er aß ein wenig, trank gierig von dem Wasser und taumelte wie ein Betrunkener zu seinem Stroh, auf das er sich warf, um wieder über dem entsetzlichen Bild zu brüten, das sich in seinen fast wahnsinnig gewordenen Gedanken festgesetzt hatte.
Er schlief. Aber sein Schlaf war nicht ruhig. Er widerstand dem Einschlafen, solange er konnte, und als schließlich die geschwächte Natur seinem Einfluss nachgab, fand er kein Vergessen. Schreckliche Träume suchten ihn heim – grässliche Visionen marterten seine Vorstellung – er schrie und kreischte, als ob er bereits fühlte, wie sich die massige Decke des Kerkers auf ihn herabsenkte – er atmete mühsam und keuchend, als krümme er sich zwischen den eisernen Wänden. Daraufhin sprang er dann auf – starrte wild um sich – streckte seine Hände aus, um sich zu vergewissern, dass er noch Raum genug zum Leben um sich habe – und sank danach, einige unzusammenhängende Worte murmelnd, wieder zurück, um von neuem das gleiche wütende Auf und Ab seiner Fieberträume zu durchlaufen.
Der Morgen des vierten Tages dämmerte über Vivenzio herauf. Aber es war hoher Mittag, ehe er seine Benommenheit abgeschüttelt hatte und ihm seine Lage wieder völlig bewusst war. Und welch starre Verzweiflung auf seinen blassen Zügen lag, als er seinen Blick nach oben richtete und die DREI Fenster anblickte, die allein noch übrig waren! Drei! – Mehr waren es nicht! – Und sie schienen die Anzahl der ihm noch zugedach-

ten Tage zu bezeichnen. Langsam und ruhig musterte er als Nächstes die Decke und die Wände und begriff vollständig, was die verminderte Höhe der ersteren wie auch das allmähliche Sichnähern der letzteren zu bedeuten hatte.
Die verengten Dimensionen seines geheimnisvollen Gefängnisses waren jetzt zu augenfällig, um eine Täuschung seiner erhitzten Einbildungskraft zu sein. Obwohl ihm die Methode noch immer ein Wunder war, konnte Vivenzio doch seinen Verstand nicht betrügen, was den Zweck anbetraf. Welch ebenso grauenhafter wie kunstreicher Mechanismus es möglich machte, dass sich Wände, Decke und Fenster dermaßen leise und unmerklich, ohne Geräusch und fast ohne Bewegung gleichsam ineinander schoben, wusste er nicht. Er wusste nur, dass sie es taten, und er versuchte vergebens, sich einzureden, dass der Erfinder beabsichtige, das unglückselige Geschöpf, das darin eingekerkert sein mochte, nur mit dem Vorgeschmack seines Schicksals zu martern, von dem es auf dem Höhepunkt seiner Qual begnadigt werden sollte.
Gerne hätte er sich selbst an diese Möglichkeit geklammert, wenn sein Herz ihn gelassen hätte; aber er fühlte mit schrecklicher Sicherheit, dass sie falsch war. Welche Unmenschlichkeit ohnegleichen lag darin, den Leidenden zu solchen schleichenden Qualen zu verurteilen – ihn Tag um Tag immer näher an einen so entsetzlichen Tod heranzuführen, ohne dass er sich auf die Tröstungen der Religion hätte stützen können, ohne dass ihn irgendein menschliches Wesen besucht hätte, sich selbst ausgeliefert, von allen verlassen. Ja, selbst das traurige Vorrecht zu wissen, dass sein grausames Schicksal Mitleid erwecken werde, verweigerte man ihm! Allein musste er zu Grunde gehen! Allein musste er auf eine langsam sich nähernde Folter warten, deren schlimmste Qualen ihm eben diese Einsamkeit und das langsame Näherkommen zufügen würden!
»Es ist nicht der Tod, den ich fürchte«, rief er aus, »sondern der Tod, auf den ich mich vorbereiten muss! Mich deucht auch, ich könnte selbst diesem begegnen – wie vollkommen grauen-

haft und widerwärtig er auch ist –, wenn er mich jetzt ereilen würde. Aber wo soll ich die Kraft finden auszuharren, bis er kommt! Wie kann ich die drei langen Tage und Nächte, die ich zu leben habe, überleben? Ich finde nicht die Kraft in mir, das scheußliche Gespenst zu verjagen – nicht die Kraft, meine Gedanken mit ihm vertraut zu machen oder mich selbst geduldig seinem Auftrag gegenüber. Eher fliehen meine Gedanken von mir, und ich werde wahnsinnig, wenn ich es anschaue. Oh! Fiele doch ein tiefer Schlaf auf mich! Damit ich so, ein Bild des Todes, den Tod selbst umfangen könnte und von dem Kelch, der mir bereitet ist, nicht mehr trinken müsste als mein sinkender Mut bereits gekostet hat!«

Inmitten dieser Klagen bemerkte Vivenzio, dass sein gewohntes Mahl, zusammen mit dem Krug Wasser, wie vorher in seinen Kerker geschafft worden waren. Aber dieser Umstand überraschte ihn nicht länger. Ihn hatten andere von weit größerem Ausmaß überwältigt. Er ließ jedoch eine schwache Hoffnung auf Rettung zu, und keine Hoffnung ist so schwach, dass ein von Verzweiflung niedergedrücktes Herz sich nicht daran klammerte.

Er beschloss, während der folgenden Nacht auf die Zeichen, die er zuvor bemerkt hatte, Acht zu geben, und, sollte er wieder die sanfte, zitternde Bewegung des Bodens oder den Luftstrom verspüren, diesen Augenblick zu ergreifen, um seinem Elend hörbaren Ausdruck zu verleihen. Irgendjemand musste in dem Augenblick, in dem ihm sein Essen geliefert wurde, in seiner Nähe und in Reichweite seiner Stimme sein, irgendjemand, der vielleicht für Mitleid empfänglich war. Oder wenn das nicht, so wäre die Nachricht, dass seine Befürchtungen gerechtfertigt waren und dass sein Schicksal so sein sollte, wie er es vorausahnte, einer Ungewissheit vorzuziehen, die sich an der Möglichkeit festklammerte, dass seine schlimmste Furcht nur Einbildung sei.

Die Nacht kam, und als die Stunde nahte, zu der Vivenzio glaubte, die Zeichen erwarten zu können, stand er starr und stumm wie eine Statue. Er fürchtete sich fast zu atmen, aus

Angst, er könnte einen Laut überhören, der ihm ihr Kommen ankündigen würde. Während er solchermaßen lauschte, alle Sinne bis zum Zerreißen gespannt, kam ihm der Gedanke, dass er wahrscheinlich die Bewegung eher spüren würde, wenn er sich lang auf dem eisernen Boden ausstreckte.
Folglich legte er sich vorsichtig hin und hatte noch nicht lange in dieser Stellung verharrt, als - ja - er war dessen sicher - der Boden sich unter ihm regte! Er sprang auf. Mit einer vor Bewegung fast erstickten Stimme rief er laut. Er hielt inne - die Bewegung hörte auf - kein Luftstrom war zu spüren - alles war still - keine Stimme antwortete der seinen - er brach in Tränen aus und rief, indem er aufs Neue gepeinigt zu Boden sank: »O mein Gott! Du allein hast die Macht, mich jetzt noch zu retten oder mir die Kraft für diese Prüfung zu verleihen, die Du zulässt.«
Ein neuer Morgen dämmerte über dem unglücklichen Gefangenen herauf, und sein Blick fiel auf das verhängnisvolle Zeichen seines Untergangs. Zwei Fenster! - Und *zwei* Tage - und alles würde vorüber sein! Frische Nahrung - frisches Wasser! Der geheimnisvolle Besuch hatte stattgefunden, auch wenn er ihn umsonst angefleht hatte. Aber auf wie furchtbare Weise fand er sein Gebet erhört in dem, was er jetzt sah! Die Decke des Kerkers war nur noch einen Fußbreit von seinem Kopf entfernt. Die beiden Seiten waren so nahe gerückt, dass er den zwischen ihnen liegenden Raum mit sechs Schritten durchmaß. Vivenzio sah es mit Schaudern, und schaudernd durchquerte er den enger gewordenen Raum.
Aber er machte seinen Gefühlen nicht länger mit rasendem Jammern Luft. Mit verschränkten Armen und zusammengebissenen Zähnen, mit Augen, die von vielem Wachen blutunterlaufen waren und die er jetzt mit leerem Blick auf den Boden gesenkt hielt, mit schnellen, stoßweisen Atemzügen und eiligem Schritt ging er mehrere Stunden lang in stillem Grübeln auf und ab. Wer kann sich eine Vorstellung von der Dunkelheit und Schrecklichkeit seiner Gedanken machen, welcher Mund sie aussprechen oder welche Feder sie be-

schreiben? Wie das Schicksal, das sie formte, hatten sie nicht ihresgleichen unter der Vielzahl der Qualen, die die Welt für den Menschen bereithält. Plötzlich blieb er stehen, und sein Blick heftete sich auf den Teil der Wand über seinem Strohlager. Worte stehen dort geschrieben! Eine menschliche Sprache, von einer menschlichen Hand niedergeschrieben! Er stürzt zu ihnen hin, aber das Blut stockt ihm, als er liest:

»Ich, Ludovico Sforza, von dem Gold des Fürsten Tolfi dazu verlockt, verbrachte drei Jahre mit der Erfindung und Ausführung dieses verfluchten Triumphes meiner Kunst. Als die Maschine fertig war, wurde ich von dem heimtückischen Tolfi – ein Teufel eher als ein Mensch, der mich eines Morgens hierher geleitete, um, wie er sagte, Zeuge ihrer Vollendung zu sein – dazu verurteilt, das erste Opfer meiner eigenen verderblichen Kunstfertigkeit zu sein, damit ich nicht, wie er erklärte, das Geheimnis verriete oder diese Anstrengung meiner Erfindungsgabe wiederholte. Möge Gott ihm verzeihen, wie ich hoffe, dass er mir verzeiht, dass ich seinem unheiligen Vorsatz behilflich gewesen bin! Unglücklicher, wer immer du bist, der du diese Zeilen liest, falle auf deine Knie und erflehe, wie ich es getan habe, Seine stärkende Gnade, die dir allein den Mut verleihen kann, der Rache eines Tolfi entgegenzusehen, die, ausgerüstet mit dieser fürchterlichen Maschine, in wenigen Stunden *dich* zermalmen muss wie sie es mit dem armen Unglücklichen tun wird, der sie gemacht hat.«

Ein tiefes Stöhnen brach aus Vivenzio hervor. Er stand wie versteinert, mit geweiteten Augen, geblähten Nasenflügeln und zitternden Lippen und starrte auf die verhängnisvolle Inschrift. Es war, als ob eine Stimme aus dem Grabe ihm zugerufen habe: »Sei bereit!«

Ihn verließ die Hoffnung. Da war sein Urteilsspruch, aufgezeichnet in jenen düsteren Worten. Die Zukunft stand entschleiert vor ihm, grausig, entsetzlich. Sein Gehirn fühlt bereits das sich herabsenkende Grauen – seine Knochen scheinen in der mächtigen Umklammerung der eisernen Wände zu brechen und zu bröckeln! Ohne zu wissen, was er tut, tastet er in seiner Kleidung nach irgendeiner Waffe der Selbstzerstörung. Er presst sich mit krampfartigem Griff die Kehle zu, als ob er sich auf der Stelle erwürgen wolle. Er starrt auf die Wände, und sein Kampfgeist begehrt auf: »Werden sie nicht ihre Aufgabe vorwegnehmen, wenn ich mit dem Kopf gegen sie anrenne?«

Ein hysterisches Lachen erstickt ihn fast, als er ausruft: »Warum sollte ich? Er war auch nur ein Mensch*, der als Erster in ihrer wütenden Umarmung starb, und ich wäre kein Mann, wenn ich das nicht auch schaffte!«

Die Sonne ging unter, und Vivenzio sah ihre goldenen Strahlen durch eines der Fenster strömen. Welch freudiges Erbeben bei diesem Anblick durch seine Seele fuhr! Sie waren ein kostbares Band, das ihn für einen Augenblick mit der Welt da draußen vereinte. Der Gedanke hatte etwas Ekstatisches. Wie er so hinaufschaute, lange und ernsthaft, schien es ihm, als ob die Fenster inzwischen so tief wären, dass er sie erreichen konnte.

Mit einem Satz stand er unter ihnen - mit einem wilden Sprung klammerte er sich an die Gitterstäbe. Ob es absichtlich so eingerichtet worden war, um den Elenden, der hinausschaute, vor Entzücken wahnsinnig zu machen, wusste er nicht. Aber am äußersten Ende eines langen Durchblicks, der durch den massiven Felsen gehauen war, sah er plötzlich das Meer, den Himmel, die untergehende Sonne, Olivenhaine, schattige Alleen und, ganz in der Ferne, eine zauberische Ahnung des herrlichen Sizilien. Wie köstlich die kühle Brise, die duftgeschwängert seine Wange fächelte! Er sog sie ein, als wäre sie der Odem des ewigen Lebens. Und da war eine Frische in der Landschaft und in der Kräuselung der ruhigen, grünen See, die auf sein welkendes Herz fiel wie Tau auf die ausgedörrte Erde.

Wie er schaute und keuchte und sich doch an seinem Halt fest-

* Das Wortspiel mit dem Doppelsinn des engl. *man* (›Mann‹ und ›Mensch‹) ist im Deutschen nicht wiederzugeben.

klammerte! Manchmal hing er an der einen Hand, manchmal an der anderen, und dann ergriff er die Stäbe mit beiden, nicht willens, das lächelnde Paradies, das vor ihm ausgebreitet lag, zu verlassen. Bis er erschöpft und mit geschwollenen, tauben Händen hilflos herunterfiel und eine beträchtliche Zeit lang, von dem Fall betäubt, liegen blieb.

Als er wieder zu sich kam, war die herrliche Vision verschwunden. Er lag im Dunkeln. Er war nicht sicher, ob sie nicht ein Traum gewesen war, der an seiner schlafenden Einbildungskraft vorbeigezogen war, aber nach und nach kehrten seine zerstreuten Gedanken zurück, und mit ihnen kam die Erinnerung. Ja! Er hatte noch einmal die wunderbare Großartigkeit der Natur geschaut!

Noch einmal hatten seine Augen unter ihren verschleierten Lidern vor dem Strahlen der Sonne gezittert und Ruhe im weichen Grün des Olivenbaums oder der sanften Dünung des wogenden Meeres gesucht. O dass er doch ein Seemann wäre, der schlimmsten Wut des Sturmes auf jenen Wellen ausgesetzt, oder der Allererbärmlichste, abstoßend krank, von der Pest befallen, der Körper vom Scheitel bis zur Sohle ein einziger Aussatz, fortgejagt, damit er den Rest seines Krankheit verbreitenden Lebens unter jenen grünen Bäumen herauskeuche, nur damit er dem Schicksal ausweichen könnte, an dessen Rand er jetzt wankend stand!

Fruchtlose Gedanken wie diese überkamen ihn ganz gegen seinen Willen von Zeit zu Zeit immer wieder, aber sie weckten ihn kaum aus der Benommenheit, in die er versunken war und die ihn die ganze Nacht über nicht verließ, so als ob er Opium genommen hätte. Er war gleichermaßen unempfänglich für die Forderungen des Hungers wie des Durstes, obwohl dies schon der Anbruch des dritten Tages war, an dem nicht einmal ein Tropfen Wasser seine Lippen berührte. Er blieb auf dem Fußboden, manchmal sitzend, manchmal liegend. In Abständen schlief er bleiern, und wenn er nicht schlief, dann brütete er stumm über dem, was kommen würde, oder er redete laut und unzusammenhängend von dem, was man ihm ange-

tan hatte, von seinen Freunden, seinem Zuhause und von denen, die er liebte, alles in einem wirren Durcheinander.
In diesem bedauernswürdigen Zustand war Vivenzio, als die Dämmerung des sechsten und letzten Morgens anbrach, wenn man es Dämmerung nennen konnte - dieses trübe, düstere Licht, das sich kraftlos durch das EINE EINZIGE Fenster seines Kerkers quälte. Er schien das melancholische Anzeichen kaum zu bemerken. Und doch bemerkte er es, denn als er seinen Blick hob und das verhängnisvolle Zeichen sah, verzerrte sich leicht sein Gesicht.
Was aber wirklich seine Aufmerksamkeit auf sich zog und bei wessen Anblick er in übermäßige Erregung geriet, das war die Veränderung, die mit seinem eisernen Bett vor sich gegangen war. Es war nicht länger mehr ein Bett. Es stand vor ihm als das sichtbare Abbild eines Totenbettes oder einer Totenbahre! Als er dies sah, fuhr er vom Boden hoch und stieß, indem er sich plötzlich aufrichtete, mit dem Kopf an die Decke, die jetzt so niedrig war, dass er nicht mehr länger aufrecht stehen konnte. »Gottes Wille geschehe!« war alles, was er sagte, als er sich hinkauerte und seine Hand auf die Totenbahre legte; denn eine Totenbahre war es.
Die eiserne Bettstatt war von Ludovico Sforzas mechanischer Kunst so eingerichtet worden, dass in dem Augenblick, in dem die sich nähernden Wände mit ihrem Kopf- und Fußende in Berührung kamen, ein Druck auf verborgene Federn ausgeübt wurde, die einen ganz einfachen, obgleich ingeniösen Mechanismus in Bewegung setzten, der die Umwandlung bewirkte. Das Ziel war natürlich, in der Schlussszene dieses grauenhaften Dramas all die Gefühle der Verzweiflung und der Angst, die die vorhergehenden Szenen erweckt hatten, noch zu verstärken. Aus demselben Grund war das letzte Fenster so beschaffen, dass es statt des Lichts eher nur eine Art dämmrigen Halbdunkels hereinließ, damit der unglückliche Gefangene sozusagen von allen sichtbaren Vorbereitungen für den nahenden Tod umgeben war.
Vivenzio setzte sich auf seine Totenbahre. Dann kniete er nie-

der und betete inbrünstig, und manchmal stürzten ihm die Tränen aus den Augen. Die Luft schien stickig, und er atmete unter Schwierigkeiten. Es konnte aber auch sein, dass er sich das einbildete – wegen der Hitze und Enge seines Kerkers, der jetzt so zusammengeschrumpft war, dass Vivenzio sich weder zu seiner vollen Höhe aufrichten noch der Länge nach hinlegen konnte.

Aber seine geschundenen Lebensgeister und sein niedergebeugter Sinn bäumten sich nicht länger mehr in ihm auf. Er hatte alle Hoffnung fahren lassen, und nun schüttelte ihn auch keine Angst mehr. Wie gut, wenn die Rache jetzt zu ihrem letzten Schlag ausgeholt hätte, denn er wäre beinahe ohne das Bewußtsein eines Schmerzes unter ihm gefallen. Doch solch eine Lethargie der Seele als Folge der Erregung ihrer wildesten Leidenschaften hatte Tolfi in seine diabolischen Berechnungen mit einbezogen, und sein Handwerker, der seine Pläne so grausam in die Tat umsetzte, hatte sich ein Gegenmittel ausgedacht.

Der Klang einer riesigen Glocke traf Vivenzios Ohr. Sie schlug nur einmal. Der Schlag war so nahe und so betäubend, dass er ihm schier das Gehirn zu zerschmettern schien, während er in den Felsengängen wie das Echo von Donnerschlägen widerhallte. Dem folgte ein plötzliches Krachen der Decke und der Wände, als ob sie augenblicklich auf ihn fallen und sich um ihn zusammenschließen wollten. Vivenzio schrie laut auf und streckte instinktiv die Arme aus, als ob er die Riesenkräfte hätte, sie aufzuhalten. Sie hatten sich näher auf ihn zu bewegt und standen jetzt still.

Vivenzio blickte nach oben und sah, dass die Decke fast seinen Kopf berührte – und das, obwohl er zusammengekauert dasaß, und er fühlte, dass ein weiteres Zusammenrücken von nur wenigen Zoll den fürchterlichen Prozess einleiten musste. Aufgeschreckt wie er nun war, rang er nach Luft. Er zitterte heftig und war vollkommen zusammengekrümmt. Seine Hände hatte er gegen die beiden Seitenwände gestützt und die Füße unter den Leib gezogen, um dem Druck von vorn zu entgehen. In dieser Stellung verharrte er über eine Stunde, dann schlug jene ohrenbetäubende Glocke ein zweites Mal, und wieder kam das Krachen des grausigen Todes. Aber die Erschütterung war diesmal so groß, dass sie Vivenzio niederstreckte.

Als er so mit eingezogenen Gliedern zusammengekrampft dalag, schlug die Glocke laut und immer wieder - Krachen folgte auf Krachen - und die geheimnisvolle Todesmaschine drang auf ihn ein und näher und näher, bis Vivenzios ersticktes Stöhnen nicht mehr zu hören war! Die gewaltige Decke und die zusammenfallenden Wände hatten ihn grässlich zermalmt - und die flach gedrückte Totenbahre war sein EISERNES LEICHENTUCH.

Richard Middleton

Auf der Landstraße

Langsam war die Sonne über die kahlen weißen Hügelketten gestiegen, und wenig erinnerte dabei an den sonst so geheimnisvollen Zauber der Morgendämmerung, bis sie endlich hell über einer glitzernden Welt von Schnee stand. Während der Nacht hatte es stark gefroren, und die Vögel, die hier und da ermattet von der unbarmherzigen Kargheit des Lebens umherhüpften, hinterließen keine Spuren auf der silberglänzenden Decke. An einigen Stellen unterbrachen schützende Hecken die weiße Eintönigkeit, die sich über die farbige Erde gebreitet hatte, und der Himmel wandelte sich von Orange über ein tiefes Blau zu einem so blassen Hellblau, dass er eher zu einem Vergleich mit einem Schirm aus dünnem Pergament anregte, als die Vorstellung von einem grenzenlosen Raum gab. Über die flachen Felder strich ein kalter, lautloser Wind, der feinen Schneestaub von den Bäumen rieseln ließ, jedoch kaum die weiß geschmückten Hecken bewegte. Nachdem sie einmal den Horizont überschritten hatte, schien die Sonne schneller emporzuklimmen, und während sie höher stieg, begannen ihre wärmenden Strahlen sich mit der Schärfe des Windes zu verschmelzen.

Es mag wohl dieser ungewöhnlich rasche Temperaturwechsel gewesen sein, der den Landstreicher aus seinen Träumen aufstörte; denn einen Augenblick lang kämpfte er zappelnd mit dem Schnee, der ihn bedeckte, wie jemand, der sich in sein Bettzeug verfangen hat. Mit starrem, fragendem Blick setzte er sich auf. »Mein Gott!«, sagte er zu sich, als er die öde Landschaft wahrnahm, »ich dachte, ich wäre im Bett. Stattdessen habe ich die ganze Zeit hier draußen gelegen.« Er streckte seine Glieder, stand vorsichtig auf und schüttelte den Schnee

ab. Der kalte Wind ließ ihn erzittern, und ihm wurde bewusst, wie warm sein Lager gewesen war.
»Anscheinend bin ich noch ganz gut in Form«, dachte er. »Ich kann wohl von Glück sagen, dass ich überhaupt bei diesem Wetter aufgewacht bin. - Oder auch nicht.« Er hob den Kopf und sah die Hügelkette glänzend von dem Blau des Himmels abstechen, wie die Alpen auf einer Ansichtskarte. »Noch einmal vierzig Meilen!«, knurrte er grimmig. »Weiß der Himmel, was ich gestern getan habe. Bin marschiert, bis ich fertig war, und jetzt stehe ich hier, erst zwölf Meilen von Brighton weg. Zum Teufel mit dem Schnee, zum Teufel mit Brighton, zum Teufel mit allem!« Die Sonne stieg höher und höher, und geduldig machte er sich wieder auf seinen Weg, den Rücken der Hügelkette zugekehrt.
»Bin ich froh oder traurig, dass ich noch einmal aufgewacht bin - froh oder traurig, froh oder traurig?« Seine Gedanken kreisten im Takt seiner Schritte um diese eine Frage, doch er suchte kaum eine Antwort. Es genügte vollauf, danach zu marschieren.
Kurz darauf, als drei Meilensteine vorübergeschlendert waren, überholte er einen Jungen, der sich bückte, um eine Zigarette anzuzünden. Er trug keinen Mantel und sah unsagbar zerbrechlich gegen den harten, festen Schnee aus. »Auch auf der Walze, Chef?«, fragte der Junge heiser, als der Landstreicher vorbeiging.
»Ich glaube schon«, sagte der Landstreicher.
»Gut, dann will ich ein Stück mit Ihnen kommen, wenn Sie nicht zu schnell gehen. Es ist ein bisschen einsam, um diese Tageszeit allein zu tippeln.« Der Landstreicher nickte, und der Junge begann neben ihm herzuhinken.
»Ich bin achtzehn«, sagte er beiläufig. »Ich wette, Sie hätten mich für jünger gehalten.«
»Fünfzehn, hätte ich gesagt.«
»Die Wette hätten Sie verloren. Achtzehn letzten August, und ich bin schon sechs Jahre auf der Straße. Ich rannte fünf Mal von zu Hause weg, als ich klein war, doch die Polizei brachte

mich jedes Mal wieder zurück. Sie war sehr nett zu mir, die Polizei. Jetzt hab ich kein Zuhause mehr, von dem ich weglaufen kann.«

»Ich auch nicht«, sagte der Landstreicher gelassen.

»Oh, ich kann sehen, was Sie sind«, keuchte der Junge. »Sie sind ein heruntergekommener Herr. Es ist schwerer für Sie als für mich.« Der Landstreicher warf einen Blick auf die hinkende, schwächliche Gestalt und verlangsamte seine Schritte.

»Ich bin noch nicht so lange dabei wie du«, gab er zu.

»Nein, das sehe ich schon an Ihrer Art zu gehen. Sie sind noch nicht müde. Sie erwarten wohl etwas am anderen Ende?«

Der Landstreicher überlegte einen Augenblick. »Ich weiß nicht«, sagte er bitter. »Ich warte immer auf irgendetwas.«

»Das gibt sich mit der Zeit«, kommentierte der Junge. »Es ist wärmer in London, aber es ist schwerer, dort was zum Futtern zu kriegen. Es lohnt sich eigentlich nicht.«

»Trotzdem, man hat dort wenigstens die Chance, jemand zu treffen, der versteht, dass …«

»Die Leute auf dem Lande sind besser«, fiel ihm der Junge in die Rede. »Gestern Abend durfte ich umsonst in einem Stall unterkriechen, und heute Morgen holte der Bauer mich ins Haus und gab mir Frühstück, weil ich so klein bin. Natürlich, hier zähle ich; aber in London! Nachts der Nebel über dem Themse-Ufer, und die ganze übrige Zeit jagt einen die Polente hoch.«

»Letzte Nacht fiel ich am Straßenrand hin und schlief auf der Stelle ein«, sagte der Landstreicher. »Ein Wunder, dass ich nicht gestorben bin.«

Der Junge sah ihn forschend an. »Woher wissen Sie, dass Sie es nicht sind?«, fragte er.

»Das verstehe ich nicht«, sagte der Landstreicher nach einigem Besinnen.

»Hören Sie«, sagte der Junge heiser, »Leute wie wir können von diesem Leben nicht loskommen, wenn wir auch wollen. Immer hungrig und durstig und hundemüde und immer auf der Achse. Und trotzdem, wenn mir jemand ein schönes Heim und Arbeit anbietet, kommt mir's hoch. Sehe ich vielleicht stark aus? Ich weiß, ich bin klein für mein Alter, aber ich habe mich sechs Jahre lang so herumgeschlagen. Glauben Sie nicht, dass ich inzwischen gestorben sein könnte? Einmal bin ich beim Baden in Margate ertrunken und ein andermal hat mich ein Zigeuner mit einer Radspeiche erschlagen; er hieb mir glatt den Schädel ein. Und zweimal bin ich erfroren wie Sie letzte Nacht, und ein Auto hat mich auf dieser Straße überfahren. Und doch wandere ich jetzt auf derselben Straße nach London – nach London, um von dort wieder loszuziehen, weil ich es nicht lassen kann. Tot! Glauben Sie mir, wir können nicht los von diesem Leben, wenn wir es auch wollen.«

Ein krampfartiger Husten schüttelte den Jungen, und der Landstreicher blieb solange stehen, bis der Junge sich davon wieder erholt hatte.

»Du solltest lieber für 'ne Weile meinen Mantel borgen, Kleiner«, sagte er. »Du hast einen ganz schönen Husten.«

»Hol Sie der Teufel!«, sagte der Junge wütend und paffte an seiner Zigarette. »Es geht schon. Ich sprach gerade von der Landstraße. Sie haben es noch nicht begriffen, aber Sie werden schon noch dahinterkommen. Wir sind alle tot, alle, die wir auf der Landstraße liegen, und wir sind alle müde, und dennoch können wir sie nicht verlassen. Wie das duftet im Sommer, Heu und Staub, und der Wind kühlt einem das Gesicht an einem heißen Tag; es tut gut, an einem schönen Morgen im nassen Gras aufzuwachen. Ich weiß nicht – ich weiß nicht …«

Plötzlich taumelte er, und der Landstreicher fing ihn in seinen Armen auf.

»Mir ist schlecht«, flüsterte der Junge, »… schlecht.«

Der Landstreicher sah sich auf der Straße um, aber er konnte keine Häuser sehen, oder irgendetwas, woher Hilfe kommen konnte. Doch während er noch unschlüssig mit dem Jungen mitten auf der Straße stand, blitzte in der Ferne ein Auto auf und glitt rasch durch den Schnee heran.

»Was ist los?«, fragte der Fahrer ruhig, als er die Bremse zog.

»Ich bin Arzt.« Er blickte den Jungen prüfend an und lauschte auf seinen gepressten Atem.

»Lungenentzündung«, konstatierte er. »Ich nehme ihn mit ins Krankenhaus. Sie können auch mitkommen, wenn Sie wollen.«

Der Landstreicher dachte an das Arbeitshaus und schüttelte den Kopf. »Ich möchte lieber laufen«, sagte er.

Der Junge blinzelte schwach, als sie ihn in den Wagen hoben.

»Wir treffen uns hinter Reigate«, raunte er dem Landstreicher zu. »Sie werden sehen.« Und lautlos entschwand der Wagen im Weiß der Straße.

Den ganzen Vormittag lang stapfte der Landstreicher durch den tauenden Schnee, aber um die Mittagszeit erbettelte er etwas Brot an der Tür eines Bauernhauses und kroch in eine einsame Scheune, um es zu verzehren. Drinnen war es warm, und nach seinem Mahl schlief er im Heu ein. Es war schon dunkel, als er aufwachte. Von neuem begann er sich auf der matschigen Straße weiterzuschleppen.

Zwei Meilen hinter Reigate schlüpfte eine Gestalt, eine zerbrechliche kleine Gestalt aus der Dunkelheit und trat auf ihn zu.

»Auf der Walze, Chef?«, sagte eine heisere Stimme. »Dann will ich ein Stück mit Ihnen kommen, wenn Sie nicht zu schnell gehen. Es ist ein bisschen einsam, um diese Tageszeit allein zu tippeln.«

»Aber die Lungenentzündung!«, schrie der Landstreicher entsetzt.

»Ich starb heute Morgen in Crawley«, sagte der Junge.

Bram Stoker

Das Haus des Richters

Als sein Examen näher rückte, fasste Malcolm Malcolmson den Entschluss, sich zur Vorbereitung irgendwohin zurückzuziehen, wo er in Ruhe lernen konnte. Er fürchtete das Badegetümmel an der See ebenso wie die vollständige ländliche Abgeschiedenheit, deren Reize er nur zu gut kannte. Also hielt er schließlich nach einem kleinen stillen Städtchen Ausschau, wo ihn nichts von der Arbeit ablenken könnte. Von seinen Freunden wollte er keine Vorschläge einholen, denn sie würden vermutlich nur Orte empfehlen, die sie selbst besucht und wo sie bereits Bekannte hatten. Weder wollte Malcolmson Freunde treffen noch die lästige Aufmerksamkeit irgendwelcher Freundesfreunde auf sich ziehen, und darum beschloss er, sich selbst nach einem geeigneten Ort umzusehen. Er packte einen Handkoffer mit der nötigsten Kleidung und allen Büchern, die er brauchte, und kaufte ein Bahnticket für die erstbeste Endstation auf dem Fahrplan, die er nicht kannte.

Nach dreistündiger Fahrt stieg er in Benchurch mit dem zuversichtlichen Gefühl aus, seine Spuren so weit verwischt zu haben, dass er seinen Studien vollkommen ungestört nachgehen konnte. Er ging schnurstracks zum einzigen Gasthof, den es in dem verschlafenen Nest gab, und quartierte sich für die Nacht ein. Benchurch war ein Marktflecken, der alle drei Wochen von Menschenmassen heimgesucht wurde, doch die restlichen einundzwanzig Tage war dort ebenso viel los wie in der Wüste. Malcolmson begab sich am nächsten Tag auf die Suche nach einem noch abgeschiedeneren Quartier als selbst der stille Gasthof »The Good Traveller« ihm bieten konnte. Nur eine einzige Unterkunft sagte ihm zu, die bezüglich der Ungestörtheit seine kühnsten Erwartungen sogar übertraf. In der

Tat war Ungestörtheit nicht das rechte Wort dafür – vielmehr gab nur ein Begriff wie »verlassene Einöde« eine annähernde Vorstellung von seiner Einsamkeit. Es war ein ausladendes, solid gebautes altes Haus im Stil Jakobs I. mit mächtigen Giebeln und merkwürdig kleinen Fenstern, die höher lagen als bei solchen Häusern üblich, umgeben von einer hohen, massiven Backsteinmauer. Bei genauerem Hinsehen glich es eigentlich eher einem befestigten Anwesen als einem normalen Wohnhaus. Doch all diese Dinge waren Malcolmson nur gerade recht. »Das ist«, dachte er, »genau das, was ich suche, und ich würde mich glücklich schätzen, wenn ich darin wohnen dürfte.« Seine gute Laune nahm noch zu, als er feststellte, dass das Haus offenbar zurzeit unbewohnt war.

Auf dem Postamt bekam er den Namen des Maklers heraus, der überaus erstaunt war, dass jemand einen Teil des alten Hauses mieten wollte. Mr. Carnford, der örtliche Rechtsanwalt und Makler, war ein munterer alter Herr und zeigte sich sehr angetan, dass jemand die Absicht hatte, in dem Haus zu wohnen.

»Um Ihnen die Wahrheit zu gestehen«, sagte er, »es würde mich im Interesse der Besitzer schon glücklich machen, wenn jemand das Haus ein paar Jahre lang mietfrei nehmen würde, nur damit die Leute sehen, dass es bewohnt wird. Es hat so lange leer gestanden, dass sich die absurdesten Gerüchte darum ranken, und die können nur entkräftet werden, wenn jemand darin wohnt – und sei es«, fügte er mit einem verschlagenen Blick auf Malcolmson hinzu, »ein Student wie Sie, der eine Weile seine Ruhe haben möchte.«

Malcolmson fand es unnötig, den Makler nach den »absurden Gerüchten« zu fragen. Er wusste, dass er bei Bedarf aus anderen Quellen mehr darüber erfahren konnte. Er zahlte die Miete für drei Monate im Voraus, erhielt eine Quittung und den Namen einer alten Frau, die wahrscheinlich bereit war, den Haushalt für ihn zu führen, und machte sich mit dem Schlüssel in der Tasche auf den Weg. Er ging zunächst zur Wirtin des Gasthauses, einer lebensfrohen und äußerst liebenswürdigen

Person, und bat sie um Rat bezüglich der notwendigen Anschaffungen und Vorräte. Als sie hörte, wohin er sich zurückziehen wollte, schlug sie vor Überraschung die Hände über dem Kopf zusammen.

»Doch nicht im Haus des Richters!«, sagte sie und erbleichte. Er beschrieb die Lage des Hauses und sagte, er kenne den Namen nicht. »Ach, aber sicher, aber sicher ist es das! Es ist das Haus des Richters, kein Vertun.«

Er bat sie, ihm von dem Haus zu erzählen, warum es so genannt wurde und was dagegen spräche. Sie erklärte ihm, dass es im Ort so genannt werde, weil es vor vielen Jahren - vor wie vielen, wusste sie nicht, da sie selbst aus einer anderen Gegend stammte, aber sie glaubte, dass es hundert und mehr Jahre sein müssten - der Wohnsitz eines Richters gewesen sei, der aufgrund seiner gnadenlosen Urteile und seiner Grausamkeit gegenüber Sträflingen weithin gefürchtet war. Was es mit dem Haus selbst auf sich hatte, wusste sie nicht. Sie selbst hatte oft danach gefragt, aber nie eine Antwort erhalten; aber es gab das allgemeine Empfinden, dass da *irgendetwas Unheimliches* vorging, und was sie betraf, so würde sie nicht für alles Geld der Drinkwater's Bank auch nur eine Stunde allein in diesem Hause verbringen. Dann entschuldigte sie sich bei Malcolmson für ihr wenig einfühlsames Gerede.

»Es ist wirklich dumm von mir, Sir, aber dass Sie - ein so junger Gentleman, wenn Sie mir dies nachsehen wollen, dort ganz allein wohnen wollen ... Wenn Sie mein Sohn wären - verzeihen Sie, wenn ich das sage -, dürften Sie keine einzige Nacht dort schlafen, und wenn ich selbst hingehen und die große Sturmglocke auf dem Dach läuten müsste!«

Die gute Frau sprach mit solchem Ernst und in so freundlicher Absicht, dass Malcolmson, trotz einer leichten Belustigung, gerührt war. Er dankte ihr höflich für ihre Anteilnahme und fügte hinzu: »Aber, meine liebe Mrs. Witham, Sie brauchen sich wirklich keine Sorgen um mich zu machen! Ein Mann, der sich auf das mathematische Examen vorbereitet, hat zu viel anderes im Kopf, um sich mit solch mysteriösem Zeug zu belasten. Und die Arbeit ist so exakt und nüchtern, dass kein Platz ist für Geheimnisse irgendwelcher Art. Harmonische Progression, Permutationen und Kombinationen, elliptische Funktionen sind mir geheimnisvoll genug!«

Mrs. Witham übernahm es freundlicherweise, seine Bestellungen zu erledigen, während er die alte Frau aufsuchte, die ihm empfohlen worden war. Als er einige Stunden später mit ihr zum Haus des Richters ging, wartete Mrs. Witham dort bereits mit ein paar Männern und Jungen, die Pakete schleppten, und dem Lieferanten eines Polstergeschäfts, der ein Bett in seinem Wagen transportierte, denn, so sagte sie, Tische und Stühle mochten in einwandfreiem Zustand sein, doch das Bett war wahrscheinlich seit fünfzig Jahren nicht mehr gelüftet worden und jedenfalls keine angemessene Schlafstatt für junge Glieder. Sie war offensichtlich neugierig, das Haus von innen zu sehen; allerdings fürchtete sie sich vor dem ›Unheimlichen‹ darin so sehr, dass sie sich bei dem geringsten Geräusch an Malcolmson klammerte, dem sie nicht von der Seite wich.

Nachdem er das Haus inspiziert hatte, entschied Malcolmson, sich in dem großen Speisezimmer niederzulassen, das für seine Erfordernisse genügend Platz bot, und Mrs. Witham richtete mit der Zugehfrau Mrs. Dempster sogleich alles her. Als die Körbe hereingebracht und ausgepackt wurden, erkannte Malcolmson, dass sie mit liebevoller Voraussicht aus ihrer eigenen Küche Vorräte geschickt hatte, die für ein paar Tage reichten. Sie verließ ihn mit allen guten Wünschen. In der Tür drehte sie sich noch einmal um und sagte: »Und vielleicht, Sir, da der Raum so groß und zugig ist, stellen Sie einen dieser großen Wandschirme vor ihr Bett - auch wenn ich, ehrlich gesagt, umkommen würde vor Angst mit all diesen - diesen ›Wesen‹, die ihre Köpfe daneben und oben darüber recken und mich anstarren!« Das Bild, das sie heraufbeschwor, war zu viel für ihre Nerven, und sie floh Hals über Kopf.

Mrs. Dempster schnaubte leicht verächtlich durch die Nase, als die Wirtin verschwand, und bemerkte, dass sie sich jeden-

falls vor keinem Gespenst im ganzen Königreich fürchte. »Ich sag Ihnen was, Sir«, sagte sie, »Gespenster sind alles Mögliche - nur keine Gespenster! Ratten und Mäuse und Käfer, knarrende Türen und lose Dachziegel und zerbrochene Fensterscheiben und Griffe von klemmenden Schubladen, die abgehen, wenn man dran zieht, und dann plötzlich in der Nacht herunterfallen. Sehen Sie sich nur die Holzverkleidung an den Wänden an! Das ist alt - Hunderte von Jahren! Glauben Sie, dahinter sind keine Ratten und Käfer? Ratten sind die Gespenster, sag ich Ihnen, und Gespenster sind Ratten. Lassen Sie sich nur nicht ins Boxhorn jagen!«
»Mrs. Dempster«, sagte Malcolmson ehrerbietig und machte eine tiefe Verbeugung, »Sie wissen mehr als ein Bakkalaureus, der mit höchsten Würden bestanden hat! Und lassen Sie mich als Zeichen meiner Hochachtung für die Unbestechlichkeit Ihres Verstandes und Herzens hinzufügen, dass ich Ihnen, wenn ich gehe, dieses Haus überlasse. Sie können dann die letzten beiden Monate meiner Mietzeit ungestört hier wohnen, denn für meinen Zweck genügen mir vier Wochen.«
»Danke vielmals, Sir«, erwiderte sie, »aber ich darf keine Nacht von zu Hause wegbleiben. Ich wohne im Greenhow's Stift, und wenn ich eine Nacht woanders schlafe, wird mir alles genommen, was ich zum Leben habe. Die Regeln sind sehr streng, und zu viele lauern nur darauf, dass was frei wird, als dass ich da irgendwas aufs Spiel setzen könnte. Wenn das nicht wäre, würde ich nur zu gern herkommen und die ganze Zeit hier für Sie sorgen.«
»Aber gute Frau«, sagte Malcolmson hastig, »ich bin doch hergekommen, weil ich die Einsamkeit suche. Glauben Sie mir, ich bin dem verstorbenen Greenhow dankbar, dass die Einrichtung seines bewunderungswürdigen Stifts - oder was immer es ist - es mir verwehrt, einem solchen verführerischen Angebot zu erliegen! Selbst der heilige Antonius könnte in diesem Punkt nicht unbeugsamer sein!«
Die alte Frau lachte mit rauer Stimme. »Ach, ihr jungen Gentlemen«, sagte sie, »ihr habt wirklich vor nichts Angst. Und Sie

kriegen sicher alle Einsamkeit, die Sie wollen.« Sie begann nun mit dem Saubermachen, und als Malcolmson bei Anbruch der Dunkelheit von seinem Spaziergang zurückkehrte – er nahm dabei immer eines seiner Lehrbücher mit –, fand er die Zimmer sauber und aufgeräumt, im alten Kamin prasselte ein Feuer, die Lampe leuchtete und auf dem Tisch erwartete ihn das vorzügliche Essen, das Mrs. Witham für ihn zubereitet hatte. »Das nenne ich mir Behaglichkeit«, sagte er und rieb sich die Hände.

Nach dem Abendessen schob er das Tablett ans andere Ende des großen Eichentischs, packte seine Bücher wieder aus, legte Holz nach, stutzte den Lampendocht und machte sich ernsthaft an die Arbeit. Bis etwa elf Uhr studierte er ohne Unterlass, dann machte er eine kleine Pause, um sich erneut um Feuer und Lampe zu kümmern und sich eine Tasse Tee zu machen. Er war immer schon Teetrinker gewesen, hatte im College bis in die Nacht gearbeitet und sich noch spät mit Tee wach gehalten. Die Pause empfand er als regelrechten Luxus, und er genoss sie mit großem Behagen. Das Feuer loderte und prasselte wieder und ließ muntere Schatten durch den großen, alten Raum tanzen. Und als er seinen heißen Tee schlürfte, schwelgte er im Gefühl der Abgeschiedenheit. Da fiel ihm zum ersten Mal auf, welche Geräusche die Ratten machten.

»Das haben sie sicher noch nicht gemacht, während ich las«, dachte er. »Sonst hätte ich es bestimmt gemerkt!« Dann wurde das Geräusch noch lauter, was ihm bestätigte, dass es wirklich neu war. Offensichtlich hatten die Anwesenheit eines Fremden und das ungewohnte Licht von Feuer und Lampe sie geängstigt, doch nach einiger Zeit waren sie mutiger geworden und tollten wie gewohnt.

Wie aufgedreht sie waren! Und, horch, was für ein sonderbarer Lärm! Hinter der alten Holztäfelung, über die Decke und unter dem Fußboden sausten sie hin und her, nagten und kratzten! Malcolmson musste lächeln, als er an die Worte von Mrs. Dempster dachte: »Gespenster sind Ratten, und Ratten sind Gespenster!« Der Tee entfaltete nun seine belebende

Wirkung auf Geist und Nerven, und er sah frohgemut einer weiteren ausgedehnten Arbeitsphase entgegen, bevor die Nacht vorüber war. Aus dem Gefühl dieser Sicherheit heraus gestattete er sich den Luxus, das Zimmer noch einmal gründlich in Augenschein zu nehmen. Mit der Lampe in der Hand machte er einen Rundgang. Dabei verwunderte es ihn, dass ein so stattliches altes Haus so lange sich selbst überlassen worden war. Die Schnitzereien auf den Eichenpaneelen der Täfelung waren hübsch, die an den Tür- und Fensterrahmen sogar wirklich schön und zeugten von seltenem kunsthandwerklichen Geschick. An den Wänden hingen ein paar alte Gemälde, aber sie waren so von Staub und Schmutz überzogen, dass sich nichts darauf erkennen ließ, selbst wenn er die Lampe hoch über seinen Kopf hielt. Hier und da sah er bei seinem Rundgang, wie ein Spalt oder Loch für Augenblicke von einem Rattengesicht mit seinen im Licht funkelnden Augen ausgefüllt wurde, aber im Nu war es, gefolgt von Gequieke und Getrappel, wieder verschwunden. Was ihm jedoch am meisten ins Auge stach, war das Seil der großen Sturmglocke auf dem Dach, das in einer Zimmerecke herunterhing, rechter Hand vom Kamin. Er schob einen hochlehnigen, mit Schnitzereien verzierten Eichensessel nah ans Feuer und trank dort eine letzte Tasse Tee. Dann legte er noch einmal Holz nach und setzte sich wieder zum Arbeiten an den Tisch, so dass er das Feuer zu seiner Linken hatte. Eine kurze Weile noch konnten die Ratten mit ihrem unablässigen Gerenne ihn ablenken, doch gewöhnte er sich an das Geräusch so wie man das Ticken einer Uhr oder das stetige Rauschen von Wasser irgendwann nicht mehr hört, und seine Arbeit nahm ihn so sehr gefangen, dass die ganze Welt, mit Ausnahme der Aufgabe, die er zu lösen suchte, um ihn her versank.

Ohne die Aufgabe gelöst zu haben, blickte er plötzlich auf, und in der Luft lag jene noch nächtliche Atmosphäre kurz vor Morgengrauen, die ängstlichen Gemütern so viel Unbehagen bereitet. Der Lärm der Ratten hatte sich gelegt. Tatsächlich kam es ihm so vor, als müssten sie gerade erst verstummt sein,

und die plötzliche Stille hatte ihn aufgestört. Das Feuer war heruntergebrannt, aber immer noch glühte es dunkelrot. Als er hinübersah, fuhr er trotz seiner Kaltblütigkeit zusammen.
Auf dem großen, hochlehnigen Eichensessel rechts von der Feuerstelle saß eine riesige Ratte, die ihn unverwandt mit unheildrohenden Augen anstarrte. Er machte eine rasche Bewegung nach vorn, als ob er sie verjagen wollte, doch sie rührte sich nicht vom Fleck. Dann machte er eine Armbewegung, als wollte er etwas nach ihr werfen. Immer noch reagierte sie nicht, sondern bleckte vielmehr wütend ihre großen weißen Zähne, und ihre grausamen Augen funkelten im Lampenlicht voller Rachsucht.

Malcolmson traute seinen Augen nicht, er ergriff den Feuerhaken vom Kamin, um sie totzuschlagen. Doch bevor er bei ihr war, sprang die Ratte mit einem Quieken, das wie der Inbegriff des Hasses klang, auf den Boden, rannte das Seil der Sturmglocke hinauf und verschwand in der Dunkelheit jenseits des Lichtkegels der grün beschirmten Lampe. Augenblicklich begann wieder der trippelnde Lärm hinter der Täfelung.

An Mathematik war nicht mehr zu denken, und als der schrille Hahnenschrei von draußen den neuen Morgen ankündigte, ging Malcolmson zu Bett.

Er schlief so tief, dass er nicht einmal hörte, wie Mrs. Dempster kam, um das Zimmer zu richten. Erst als sie aufgeräumt und das Frühstück zubereitet hatte und an den Wandschirm klopfte, der sein Bett umgab, wachte er auf. Er war noch etwas müde von der durcharbeiteten Nacht, doch eine starke Tasse Tee munterte ihn wieder auf. Mit seinem Buch unter dem Arm sowie ein paar Sandwiches für den Fall, dass er nicht vor dem Abendessen zurückkäme, brach er zu seinem Morgenspaziergang auf. Er fand einen stillen Pfad zwischen hohen Ulmen, der ein gutes Stück vor der Stadt lag, und hier verbrachte er den größten Teil des Tages und studierte seinen Laplace. Auf dem Rückweg schaute er bei Mrs. Witham vorbei, um ihr für die erwiesenen Wohltaten zu danken. Als sie ihn durch die Rautenscheiben im Erker ihres Wohnzimmers kommen sah, eilte

sie ihm entgegen und bat ihn herein. Sie musterte ihn mit prüfenden Blicken und schüttelte den Kopf.
»Sie sollten es nicht übertreiben, Sir. Ihre Gesichtsfarbe lässt heute Morgen zu wünschen übrig. Zu spätes Schlafengehen und zu anstrengende Denkarbeit tun niemandem gut! Aber sagen Sie, Sir, wie haben Sie die Nacht verbracht? Doch gut, hoffe ich. Bei meiner Seele, Sir, ich war froh, als Mrs. Dempster mir heute früh sagte, dass Sie wohlauf seien oder vielmehr wie ein Murmeltier schliefen, als sie zu Ihnen kam.«
»O ja, es war alles bestens«, antwortete er lächelnd, »das ›Unheimliche‹ hat mir weiter kein Kopfzerbrechen bereitet, wenigstens bisher. Nur die Ratten, die haben einen Zirkus gemacht, kann ich Ihnen sagen! Und sie waren überall. Eins von den Viechern saß auf meinem eigenen Sessel beim Kamin und starrte mich wie ein alter Teufel böse an. Erst als ich mit dem Feuerhaken auf sie losging, rannte sie das Seil der Sturmglocke hoch und verschwand irgendwo zwischen Wand und Decke – ich konnte es in der Dunkelheit nicht erkennen.«
»Barmherziger!«, rief Mrs. Witham, »ein alter Teufel, der auf dem Sessel beim Kamin sitzt! Nehmen Sie sich nur in Acht, Sir! So manches Mal sagt man im Scherz die Wahrheit.«
»Was meinen Sie? Im Ernst, ich verstehe Sie nicht.«
»Ein alter Teufel! Vielleicht der alte Teufel selbst. Lachen Sie nicht, Sir«, denn Malcolmson hielt es nicht länger, »ihr jungen Leute macht euch gern über Dinge lustig, bei denen uns Älteren ein Schauder den Rücken runterläuft. Aber nichts für ungut, Sir! Nichts für ungut! Gebe Gott, dass Sie immer lachen mögen. Nichts anderes wünsche ich Ihnen!« Und die gute Frau vergaß einen kurzen Moment ihre Furchtsamkeit und strahlte, angesteckt von seiner Heiterkeit.
»Ach, verzeihen Sie mir!«, sagte Malcolmson sogleich. »Halten Sie mich nicht für unhöflich, aber die Vorstellung war einfach zu viel für mich – dass letzte Nacht der alte Teufel leibhaftig auf dem Sessel gesessen haben soll!« Und bei dem Gedanken lachte er erneut. Dann ging er nach Hause zum Abendessen.
An diesem Abend setzte das Getrappel der Ratten früher ein.

Ja, sie hatten sich vor seiner Rückkunft keinen Zwang auferlegt und unterbrachen ihr Toben nur, solange seine Anwesenheit noch ungewohnt für sie war. Nach dem Essen setzte er sich eine Weile ans Feuer und rauchte. Und dann, nachdem er den Tisch abgeräumt hatte, ging er wieder an die Arbeit. Heute störten ihn die Ratten mehr als am Abend zuvor. Wie sie auf und ab und hin und her jagten! Wie sie quiekten und kratzten und nagten! Wie sie immer frecher an die Öffnungen ihrer Höhlen kamen, an die Löcher und Ritzen und Risse in der Täfelung, wo ihre Augen wie winzige kleine Lampen beim Aufflackern des Feuerscheins aufblitzten. Doch kamen sie ihm, da er sich nun an sie gewöhnt hatte, keineswegs böse vor. Nur ihren Übermut fand er etwas lästig. Manchmal wagten sich die dreistesten von ihnen ins Zimmer vor oder wieselten an den Bodenleisten der Täfelung entlang. Wenn sie ihn störten, machte Malcolmson dann und wann ein Geräusch, um sie zu erschrecken, schlug mit der Hand auf den Tisch oder zischte »Ksch, ksch«, so dass sie schnurstracks in ihre Löcher flohen.

So ging die erste Hälfte der Nacht vorüber, und trotz des Lärms versank Malcolmson immer tiefer in seiner Arbeit.

Plötzlich, wie in der vorhergegangenen Nacht, hielt er inne, als unvermittelt Stille eintrat. Es war nicht mehr der geringste Laut zu hören. Es herrschte eine Stille wie im Grab. Er erinnerte sich an das seltsame Vorkommnis von gestern Nacht und schaute unwillkürlich zu dem Sessel beim Kamin. Und da überkam ihn ein höchst merkwürdiges Gefühl. Auf dem großen, hochlehnigen, geschnitzten Eichensessel neben dem Feuer saß die gleiche riesige Ratte und starrte ihn feindselig an.

Ohne zu überlegen ergriff er den nächsten Gegenstand, ein Logarithmen-Buch, und schleuderte es gegen sie. Das Buch verfehlte sein Ziel, und die Ratte rührte sich nicht vom Fleck. Also wiederholte er die Prozedur mit dem Feuerhaken, und erneut floh die Ratte vor der nahen Verfolgung das Seil der Sturmglocke hinauf. Und seltsamerweise setzte, kaum war die

Ratte verschwunden, das allgemeine Rattengelärme wieder ein. Auch dieses Mal konnte Malcolmson nicht erkennen, wo genau die Ratte sich hinverzogen hatte, denn der grüne Lampenschirm beließ den oberen Teil des Raums im Dunkeln, und das Feuer war niedergebrannt.

Seine Uhr zeigte auf kurz vor Mitternacht. Dankbar für die Ablenkung legte er Holz nach und machte sich seine nächtliche Kanne Tee. Er hatte ein gutes Stück Arbeit geschafft und wollte sich eine Zigarette gönnen. Also setzte er sich in den großen Eichensessel vor das Feuer und rauchte genüsslich. Dabei kam ihm der Gedanke, dass er eigentlich wissen wollte, wohin die Ratte verschwunden war, denn er hatte für den nächsten Morgen Pläne, die einen gewissen Zusammenhang mit einer Rattenfalle nicht verleugneten. Daher zündete er eine zweite Lampe an und stellte sie so auf, dass sie die Ecke rechts vom Kamin beschien. Dann legte er sich alle Bücher, die er mitgenommen hatte, griffbereit, um sie auf das Viech werfen zu können. Schließlich nahm er das untere Ende des Glockenseils und befestigte es unter der Lampe auf dem Tisch. Als er es in der Hand hielt, stellte er fest, wie erstaunlich geschmeidig es war, insbesondere für ein so dickes Seil, das nicht mehr benutzt wurde. »Damit könnte man einen aufhängen«, dachte er. Nachdem er seine Vorbereitungen begutachtet hatte, sagte er sich zufrieden: »Nun, mein Freundchen, jetzt werden wir dich wohl etwas näher kennen lernen!« Er setzte sich wieder an seine Arbeit, und obwohl ihn anfangs der Lärm der Ratten wieder etwas störte, verlor er sich bald in seinen Lehrsätzen und Aufgaben.

Und wiederum wurde er ganz plötzlich herausgerissen. Diesmal war es aber nicht nur die plötzliche Stille, die ihn aufhorchen ließ. Das Seil bewegte sich leicht und ebenso die Lampe. Ohne äußere Regung schaute er, ob der Bücherstapel in Reichweite lag, und folgte dann mit den Blicken dem Seil. Da plumpste die fette Ratte vom Seil auf den Eichensessel und starrte ihn von dort aus an. Er nahm ein Buch auf, zielte sorgfältig und schleuderte es auf die Ratte. Mit einem raschen

Sprung wich sie dem Wurfgeschoss aus. Er nahm ein zweites Buch und ein drittes und schleuderte sie nacheinander auf die Ratte, doch jedes Mal ohne Erfolg. Schließlich stand er auf, ein Buch in der Hand zum Wurf erhoben, da quiekte die Ratte und schien sich zu fürchten. Das machte Malcolmson nur noch begieriger, sie zu treffen. Das Buch sauste durch die Luft und versetzte der Ratte einen klatschenden Schlag. Sie stieß ein panisches Quieken aus und warf ihrem Verfolger einen hasserfüllten Blick zu. Dann kletterte sie auf die Stuhllehne, sprang mit einem gewaltigen Satz zum Glockenseil und rannte wie ein geölter Blitz hinauf. Die Lampe schwankte bei dem plötzlichen Ruck, aber sie war so schwer, dass sie nicht umfiel. Malcolmson behielt die Ratte im Auge und sah mit Hilfe der zweiten Lampe, wie sie auf eine Zierleiste der Täfelung sprang und durch ein Loch in einem der großen Gemälde verschwand, das durch eine Schicht von Staub und Schmutz unkenntlich war.

»Ich werde mir morgen früh mal den Unterschlupf meiner Freundin näher ansehen«, sagte der Student, als er daranging, seine Bücher wieder aufzusammeln. »Das dritte Bild vom Kamin aus gesehen; das werde ich mir merken.« Er las seine Bücher eins nach dem anderen auf und gab zu jedem seinen Kommentar ab. »Die *Kegelschnitte* machen ihr nichts aus, die *Zyklischen Schwingungen* nicht, die *Principia* nicht, auch die *Quaternionen* und die *Thermodynamik* nicht. Aber das Buch hier, das hat gesessen!« Malcolmson hob es auf und betrachtete es. Er schrak zusammen, und eine plötzliche Blässe trat in sein Gesicht. Er schaute sich unbehaglich um und schauderte leicht, als er vor sich hin murmelte: »Die Bibel, die ich von meiner Mutter habe! Was für ein seltsamer Zufall.«

Er setzte sich zurück an seine Arbeit, und die Ratten hinter der Täfelung begannen wieder mit ihren Kapriolen. Doch störten sie ihn nicht. In gewisser Weise fühlte er sich durch ihre Gegenwart weniger allein. Er konnte sich aber nicht recht konzentrieren, und nachdem er sich vergeblich mit der Lösung einer Aufgabe herumgeschlagen hatte, gab er entmutigt auf

und ging zu Bett, als die ersten Strahlen der Morgendämmerung durchs Ostfenster hereinschienen.
Er schlief erschöpft, aber unruhig. Träume plagten ihn. Als Mrs. Dempster ihn am späten Vormittag weckte, schien er sich nicht wohl zu fühlen und ein paar Minuten lang nicht zu wissen, wo er sich befand. Seine erste Bitte überraschte sie merklich. »Mrs. Dempster, wenn ich nachher ausgehe, möchte ich, dass Sie die Leiter nehmen und diese Bilder abstauben und reinigen – vor allem das dritte vom Kamin aus. Ich will wissen, was darauf abgebildet ist.«
Am späten Nachmittag, auf dem beschatteten Spazierweg, versenkte er sich in seine Bücher, und allmählich kehrte wieder die Frohgemutheit des vorigen Tages zu ihm zurück, und er merkte, dass er mit dem Lernen gute Fortschritte machte. Für alle Probleme, die ihm bisher unbegreiflich geblieben waren, hatte er zufriedenstellende Lösungen gefunden, und voller Euphorie stattete er Mrs. Witham im »Good Traveller« einen Besuch ab. In dem gemütlichen Wohnzimmer traf er einen Fremden an, den ihm die Wirtin als Dr. Thornhill vorstellte. Sie schien etwas verlegen, und dies zusammen mit dem Umstand, dass der Arzt ihm unvermittelt eine Reihe von Fragen stellte, legte für Malcolmson den Schluss nahe, dass seine Anwesenheit kein Zufall war. Also sagte er ohne Umschweife: »Dr. Thornhill, ich beantworte gern all ihre Fragen, aber erst müssen Sie mir eines sagen.«
Der Arzt schien überrascht, aber er lächelte und erwiderte: »Einverstanden! Worum geht es?«
»Hat Mrs. Witham Sie gebeten, herzukommen und nach mir zu sehen und mir Rat zu geben?«
Einen Augenblick war Dr. Thornhill verblüfft, und Mrs. Witham errötete heftig und wendete sich ab. Doch der Arzt war ein Mann des offenen Worts und antwortete ohne Zögern: »So ist es. Aber sie wollte nicht, dass Sie es erfahren. Ich nehme an, es war mein plumpes Vorpreschen, das Sie misstrauisch gemacht hat. Sie hat mir erzählt, dass sie es gar nicht gerne sieht, wenn Sie allein in diesem Haus sind, und außerdem glaubt sie,

dass Sie zu viel starken Tee trinken. Ja, sie möchte, dass ich Ihnen vom Tee und dem langen Aufbleiben abrate. Ich war selbst ein eifriger Student zu meiner Zeit, und so darf ich Ihnen vielleicht als ehemaliger Kommilitone, als nicht ganz Fremder gewissermaßen, einen Rat geben, ohne Ihnen zu nahe zu treten.«

Malcolmson reichte ihm mit heiterem Lächeln die Hand. »Hand drauf!, wie sie in Amerika sagen«, sagte er. »Ich muss Ihnen und auch Mrs. Witham für die Freundlichkeit danken, die eine Erwiderung meinerseits verlangt. Ich verspreche, dass ich keinen starken Tee mehr - überhaupt keinen Tee mehr - trinken will, bis Sie es mir wieder erlauben. Und ich werde heute Abend spätestens um ein Uhr ins Bett gehen? Genügt das?«

»Hervorragend«, sagte der Arzt. »Und nun erzählen Sie uns mal, was Ihnen in dem alten Haus bisher alles aufgefallen ist.«

Also berichtete Malcolmson bis in die kleinsten Einzelheiten von den Vorkommnissen der beiden letzten Nächte. Hier und da wurde er durch Ausrufe von Mrs. Witham unterbrochen, und als er schließlich die Episode mit der Bibel erzählte, machten sich ihre aufgestauten Gefühle in einem Schrei Luft. Erst bei einem steifen Brandy mit Wasser gewann sie ihre Fassung wieder.

Dr. Thornhill hörte mit wachsender Besorgnis zu, und als der Bericht abgeschlossen und Mrs. Witham so weit in Ordnung war, fragte er: »Die Ratte lief immer das Seil der Sturmglocke hoch?«

»Ja, immer.«

»Ich nehme an, Sie wissen«, sagte der Arzt nach einer Pause, »was es mit dem Seil auf sich hat?«

»Nein.«

»Es ist«, sagte der Arzt bedachtsam, »das gleiche Seil, mit dem der Henker all die Opfer des hasserfüllten Richters aufgeknüpft hat!« Hier wurde er durch einen weiteren Aufschrei Mrs. Withams unterbrochen, und es musste allerhand unternommen werden, um sie zu beruhigen. Ein Blick auf die Uhr erinnerte Malcolmson an die Zeit fürs Abendessen, und er verabschiedete sich, bevor Mrs. Witham wiederhergestellt war.

Als Mrs. Witham sich gefasst hatte, bestürmte sie den Arzt mit zornigen Fragen, was er sich dabei gedacht habe, den Kopf des armen jungen Mannes mit solchen schauerlichen Geschichten zu belasten. »Es gibt da weiß Gott schon genug, was ihm den Kopf verwirren kann«, fügte sie hinzu. Dr. Thornhill erwiderte darauf: »Meine Verehrteste, ich habe eine bestimmte Absicht damit verfolgt! Ich wollte seine Aufmerksamkeit auf das Glockenseil fixieren. Es kann sein, dass er akut überarbeitet ist und sich zu viel Lernstoff zugemutet hat, obwohl ich sagen muss, dass er auf mich den Eindruck eines geistig und körperlich vollkommen gesunden jungen Mannes macht – aber dann die Ratten – und diese komische Vorstellung vom Teufel.« Der Arzt schüttelte den Kopf und fuhr fort: »Ich hätte ihm gern angeboten, die erste Nacht bei ihm zu verbringen, aber ich war mir sicher, dass er dies als Beleidigung aufgefasst hätte. Vielleicht überkommt ihn in der Nacht eine rätselhafte Furcht oder Halluzination, und dann möchte ich, dass er an dem Seil zieht. Da er so ganz allein ist, könnte er uns warnen, und wir könnten rechtzeitig bei ihm sein und uns um ihn kümmern. Ich werde jedenfalls heute Nacht lange aufbleiben und die Ohren spitzen. Erschrecken Sie also nicht, wenn es vor Morgengrauen in Benchurch eine Überraschung geben sollte.«

»Ach, Doktor, was meinen Sie nur? Wovon sprechen Sie?«

»Ich meine Folgendes: dass wir heute Nacht vielleicht – nein, sogar wahrscheinlich – die Sturmglocke vom Haus des Richters hören werden«, und der Arzt machte einen überaus wirkungsvollen Abgang.

Als Malcolmson bei sich zu Hause ankam, hatte er sich etwas verspätet, und Mrs. Dempster war schon fort – die Regeln des Greenhow's Stifts wollten streng befolgt sein. Er freute sich, sein Quartier so hell und sauber vorzufinden. Ein freundliches Feuer und eine wohl geputzte Lampe brannten einladend. Der Abend war kälter, als der April erwarten ließ, und ein heftiger Wind brauste mit solch rasch zunehmender Geschwindigkeit ums Haus, dass alles auf ein nächtliches Gewitter hindeutete. Für ein paar Minuten nach seinem Eintritt verhielten sich die Ratten still. Doch sowie sie sich an seine Anwesenheit gewöhnten, fingen sie mit ihrem Gehaste wieder an. Er war froh, sie zu hören, denn er spürte in ihrem Lärm etwas wie Gesellschaft, und er erinnerte sich an den seltsamen Umstand, dass sie nur dann innehielten, wenn die andere - die fette Ratte mit den boshaften Augen - sich blicken ließ. Nur die Leselampe war angezündet, deren grüner Schirm die Decke und den oberen Teil des Zimmers in Dunkel hüllte, so dass das Licht des Kamins sich warm und behaglich über den Boden und das weiße Tischtuch am Tischende ergoss. Malcolmson widmete sich voller Appetit dem Abendessen und war bester Dinge. Danach rauchte er eine Zigarette und ging entschlossen an die Arbeit. Er wollte sich durch nichts stören lassen und in Erinnerung seines Versprechens dem Arzt gegenüber die verbleibende Zeit möglichst gut nutzen.

Etwa eine Stunde lang arbeitete er ungehindert, doch dann schweiften seine Gedanken von den Büchern ab. Die unruhige Situation um ihn herum sowie seine nervöse Reizbarkeit ließen sich nicht länger übergehen. Der Wind hatte sich mittlerweile zu einem Sturm und regelrechten Sturzwetter ausgewachsen. Das alte Haus, so stabil es gebaut war, schien in seinen Grundfesten zu ächzen, und der Sturm heulte und tobte durch die zahlreichen Schornsteine und um die altertümlichen Giebel und erzeugte in den leeren Zimmern und Gängen die seltsamsten, unwirklichsten Geräusche. Sogar die große Sturmglocke auf dem Dach blieb von der Windstärke nicht unbeeindruckt, denn das Seil hob und senkte sich ein bisschen, so als ob die Glocke dann und wann leicht bewegt würde, und das geschmeidige Seil fiel mit einem trockenen, hohlen Laut auf den Eichenfußboden.

Als Malcolmson darauf lauschte, fielen ihm die Worte des Arztes ein - »Es ist das gleiche Seil, mit dem der Henker all die Opfer des hasserfüllten Richters aufgeknüpft hat« -, und er ging zur Kaminecke und nahm es in die Hand, um es näher zu betrachten. Eine tödliche Anziehungskraft schien davon auszugehen, und während er dort stand, verlor er sich einen Augenblick in Grübeleien darüber, wer wohl jene Opfer gewesen waren, und über den finsteren Wunsch des Richters, solch ein abstoßendes Andenken immer vor Augen zu haben. Das Schwanken der Glocke zupfte immer noch dann und wann am Seil, doch plötzlich spürte er etwas Neues – eine Art Zittern fuhr in das Seil, als ob sich etwas daran entlangbewegte.

Unwillkürlich blickte Malcolmson hinauf. Die große Ratte kam langsam auf ihn zu und starrte ihn unverwandt an. Er ließ das Seil los und wich erschrocken fluchend zurück. Die Ratte machte kehrt, rannte das Seil wieder hoch und verschwand. Im gleichen Augenblick nahm Malcolmson wahr, dass der Lärm der Ratten, der eine Weile aufgehört hatte, von Neuem einsetzte.

All dies stimmte ihn nachdenklich, und es fiel ihm ein, dass er den Unterschlupf der Ratte noch nicht erforscht und auch die Bilder noch nicht seinem Vorhaben gemäß angeschaut hatte. Er zündete die schirmlose Lampe an und stellte sich mit ihr vor das dritte Bild rechts vom Kamin, wo die Ratte in der vorigen Nacht verschwunden war.

Bereits der erste flüchtige Blick ließ ihn so zusammenschrecken, dass ihm fast die Lampe aus der Hand fiel, und Todesblässe stieg in sein Gesicht. Seine Knie wankten, Schweiß trat ihm auf die Stirn, und er zitterte wie Espenlaub. Doch er war jung und beherzt und riss sich zusammen. Nach ein paar Sekunden trat er wieder vor, hob die Lampe und inspizierte das Bild, das von Staub befreit und gereinigt und nun klar zu erkennen war.

Es zeigte einen Richter in scharlachroter Robe mit Hermelinbesatz. Sein Gesicht war hart und erbarmungslos, voller Hass und Verschlagenheit, über dem sinnlichen Mund saß eine gerötete Hakennase, die an den Schnabel eines Raubvogels erinnerte. Der Rest des Gesichts hatte eine leichenhafte Farbe. Die stechenden Augen glänzten in einem entsetzlich rachsüchtigen Ausdruck. Als Malcolmson sie ansah, lief es ihm kalt den Rücken hinunter, denn es waren die gleichen Augen wie die der großen Ratte. Fast wäre ihm die Lampe doch noch aus der Hand gefallen: Durch ein Loch in der Ecke des Bildes lugten die boshaften Augen der Ratte hervor, und da bemerkte er, dass der Lärm der anderen Ratten aufgehört hatte. Doch er blieb standhaft und fuhr fort, das Bild eingehend zu betrachten.

Der Richter saß auf einem hochlehnigen, geschnitzten Eichensessel, rechts von einem großen steinernen gemauerten Kamin, neben dem in einer Ecke ein Seil von der Decke hing, dessen Ende sich auf dem Boden zusammenrollte. Mit einem Gefühl des Grauens erkannte Malcolmson den Teil des Raums wieder, in dem er sich befand, und er blickte sich mit ängstlicher Scheu um, so als ob er eine unheimliche Erscheinung hinter sich erwartete. Er sah hinüber zu der Ecke am Kamin – und mit einem lauten Schrei ließ er die Lampe fallen.

Dort auf dem Sessel des Richters, das Seil hinter sich, hockte die Ratte mit den hasserfüllten Augen des Richters, die jetzt noch drohender und feindseliger blickten. Außer dem Heulen des Sturms draußen war alles still.

Das Herunterpoltern der Lampe brachte Malcolmson zur Besinnung. Zum Glück war sie aus Metall, so dass kein Öl ausfloss. Und die schlichte Notwendigkeit, sich um sie zu kümmern, brachte seine aufgebrachten Nerven zur Ruhe. Als er sie gelöscht hatte, wischte er sich die Stirn und dachte einen Augenblick nach.

»So geht es nicht weiter«, sagte er sich. »Wenn ich so weitermache, verliere ich noch den Verstand. Es muss jetzt Schluss sein damit! Ich habe dem Arzt versprochen, keinen Tee mehr zu trinken. Wie Recht er hatte! Meine Nerven müssen völlig überreizt sein. Komisch, dass ich es nicht früher gemerkt habe. Ich fühle mich besser denn je. Na, jetzt habe ich's jedenfalls im Griff, und das passiert mir nicht noch mal.« Dann mixte er sich einen guten Brandy mit Wasser und setzte sich entschlossen wieder an seine Arbeit.

Nach beinahe einer Stunde sah er von seinem Buch auf, weil

die plötzliche Stille ihn irritierte. Draußen heulte und toste der Wind lauter denn je, der Regen trieb in Böen gegen die Fenster und prasselte wie Hagel ans Glas. Doch drinnen war nicht der geringste Laut zu hören außer dem Echo des Windes, der im großen Schornstein heulte, und manchmal einem Zischen, wenn in einer Atempause des Sturms ein paar Regentropfen den Weg zum Kamin hinunter fanden. Das Feuer war niedergebrannt, die Flammen fanden keine Nahrung mehr, nur die rote Glut leuchtete noch. Malcolmson horchte intensiv und hörte plötzlich ein dünnes, ganz schwach raspelndes Geräusch. Es kam aus der Ecke, wo das Seil hing, und er dachte zunächst, es käme daher, dass es vom Schwanken der Glocke am Boden schleifte. Als er in dem düsteren Licht hinaufsah, entdeckte er jedoch die große Ratte, die sich am Seil festklammerte und daran nagte. Das Seil war schon fast durchgenagt – er konnte die nun freigelegten helleren Fasern erkennen. Er sah der Ratte dabei zu, wie sie ihr Werk vollendete. Das abgetrennte Seil klatschte auf den Eichenfußboden, während die Ratte einen Moment lang wie eine dicke Troddel oder Quaste am Ende des Stricks verharrte, der nun hin und her zu schwingen begann. Malcolmson überkam erneut ein Schauer des Entsetzens, als ihm klar wurde, dass ihm damit die Möglichkeit abgeschnitten war, die Außenwelt zu Hilfe zu rufen, doch dann packte ihn der Zorn und er schleuderte das Buch, in dem er gerade las, auf die Ratte. Es war gut gezielt, aber bevor das Wurfgeschoss treffen konnte, sprang die Ratte ab und landete mit weichem Aufprall auf dem Boden. Malcolmson stürzte sofort hinüber zu ihr, aber sie rannte blitzschnell davon und fand im Dunkel des Zimmers ein Versteck.

Für Malcolmson war jetzt an Arbeit nicht mehr zu denken, und er beschloss, in die Gleichförmigkeit seines Vorgehens ein bisschen Abwechslung zu bringen, indem er auf Rattenjagd ging. Er entfernte den grünen Schirm von der Lampe, um die Reichweite des Lichtscheins zu vergrößern. Das Dunkel im oberen Teil des Raums nahm dadurch ab, und im Vergleich zu vorher wurden die Gemälde an der Wand in der neuen Helligkeit gut sichtbar. Ihm direkt gegenüber hing das dritte Bild rechts vom Kamin. Er rieb sich erstaunt die Augen, und dann beschlich ihn langsam eine große Furcht.

In der Mitte des Bildes befand sich ein großer unregelmäßiger Fleck brauner Leinwand, so frisch, als sei sie gerade erst in den Rahmen gespannt worden. Der Hintergrund war wie zuvor, mit Sessel, Kaminecke und Seil, doch die Gestalt des Richters war verschwunden.

Malcolmson, fast starr vor Schrecken, drehte sich langsam um, und dann begann er zu zittern und zu beben wie in einem Schüttelkrampf. Er schien jeder Kraft beraubt zu sein, weder konnte er handeln noch sich bewegen, ja kaum konnte er einen Gedanken fassen. Er konnte nur sehen und hören.

Dort auf dem großen hochlehnigen Eichensessel saß der Richter in seiner scharlachroten, hermelinbesetzten Robe, seine bösen Augen starrten unverhohlen hasserfüllt, und sein harter, grausamer Mund zeigte ein triumphierendes Lächeln, als er eine *schwarze Kapuze* hochhob. Malcolmson spürte, wie das Blut aus seinem Herzen wich, so wie in Augenblicken höchster Bedrängnis. Er hörte ein Singen in den Ohren. Von draußen drang das Toben und Heulen des Sturms herein, und mittendrein, von ihm hergetragen, erschollen von der großen Glocke auf dem Marktplatz die zwölf Schläge der Mitternacht.

Eine schier endlose Zeit lang stand er wie versteinert, mit weit aufgerissenen, schreckensstarren Augen, atemlos. Als die Turmuhr schlug, wurde das Lächeln des Richters noch triumphierender, und mit dem letzten Schlag zog er die schwarze Kapuze über.

Langsam und bedacht erhob sich der Richter aus dem Sessel, nahm das auf dem Boden liegende Stück Seil von der Sturmglocke auf und ließ es mit einer Art Wohlbehagen durch seine Hände gleiten. Er band einen sorgfältigen Knoten, so dass am Ende eine Schlinge entstand. Diese zurrte er fest und prüfte sie mit seinem Fuß, indem er sich kräftig hineinstemmte, bis sie ihn zufrieden stellte. Dann machte er eine Laufschlinge daraus, die er in der Hand hielt. So ausgestattet, bewegte er sich gegenüber von Malcolmson am Tisch entlang und ließ ihn nicht aus den Augen, bis er an ihm vorüber war und mit raschen Schritten die Tür verstellte. Da merkte Malcolmson, dass er in der Falle saß, und er überlegte krampfhaft, was er tun konnte. Die Augen des Richters, die immerzu auf ihm ruhten, hatten eine seltsame Anziehungskraft und zwangen Malcolmson geradezu, ihn anzuschauen. Der Richter kam nun auf ihn zu - sorgsam die Tür im Rücken behaltend -, hob die Schlinge und warf sie nach ihm aus. Mit großer Anstrengung sprang er zur Seite und sah, wie das Seil neben ihm niederfiel, und hörte, wie es auf dem Eichenboden aufklatschte. Erneut hob der Richter die Schlinge in die Höhe und versuchte, ihn damit einzufangen, ließ ihn nicht aus seinen stechend bösen Augen, und jedes Mal entkam der Student nur mit Mühe und Not. So ging es noch eine Weile, wobei der Richter sich von seinen Misserfolgen weder entmutigen noch erzürnen ließ - vielmehr schien das Ganze für ihn eher etwas von einem Katz-und-Maus-Spiel zu haben. Schließlich warf Malcolmson auf dem Höhepunkt der Verzweiflung einen raschen Blick um sich. Die Lampe schien aufgeflammt zu sein, und es herrschte ausreichend Licht im Raum. Aus den vielen Rattenlöchern und den Ritzen und Rissen in der Täfelung funkelten die Augen von Ratten, und dieser reale Anblick gab ihm flüchtigen Trost. Er blickte umher und sah, dass das Seil der Sturmglocke voller Ratten hing. Jeder Zentimeter war von ihnen bedeckt, und immer mehr kamen aus dem kleinen runden Loch in der Decke, aus dem es herunterhing, so dass die Glocke unter ihrem Gewicht zu schwingen anfing.

Horch! sie bewegte sich so stark, dass der Klöppel gegen die Innenwand der Glocke stieß. Der Ton war nur sehr leise, aber die Glocke hatte erst angefangen zu schwingen und würde nun immer mächtiger läuten.

Der Richter, der bis dahin seinen Blick nicht von Malcolmson gewendet hatte, sah bei diesem Ton auf, und sein Gesicht verzerrte sich zu einer Fratze teuflischer Wut. Seine Augen hatten beinahe die Glut von heißen Kohlen, und er stampfte mit dem

Fuß auf, als sollte das Haus erzittern. Ein krachender Donner zerbarst über dem Haus, als er den Strick wieder hob, und die Ratten kletterten unausgesetzt am Seilende auf und ab, als ob es einen Wettlauf gegen die Zeit gelte. Doch diesmal, statt die Schlinge zu werfen, drang er auf sein Opfer ein, die offene Schlinge in den Händen. Beim Näherkommen schien von seiner Gegenwart etwas Lähmendes auszugehen, und Malcolmson stand wie leichenstarr. Er spürte die eiskalten Finger des Richters, die beim Umlegen des Stricks seinen Hals berührten. Die Schlinge zog sich fester, immer fester. Dann hob der Richter den starren Körper des Studenten hoch, schleppte ihn zum Eichensessel und stellte ihn darauf. Er kletterte neben ihn und ergriff das Ende des auf- und abschwingenden Seils der Sturmglocke. Kaum dass er die Hand reckte, flohen die Ratten quiekend durch das Loch in der Decke. Er nahm das Ende der Schlinge und verknotete es mit dem herabhängenden Seil. Dann stieg er vom Sessel herunter und zog ihn beiseite.

Als die Sturmglocke läutete, lief bald eine Menschenmenge zusammen. Sie brachten alle möglichen Lichter und Fackeln mit, und schweigend eilten sie zum Haus des Richters. Sie klopften laut an die Tür, aber es kam keine Antwort. Dann brachen sie die Tür auf und stürzten in das große Speisezimmer, der Arzt voran.

Am Seil der großen Sturmglocke hing der Leichnam des Studenten, und im Gesicht des Richters auf dem Gemälde stand ein bösartiges Lächeln.

Edwin Lester Arnold

Eine entsetzliche Nacht

Nur jemand, der einmal von einem Traum verfolgt worden ist, einer schwarzen, nächtlichen Schreckensvision so echt und grauenhaft, dass viele Tage voller Widerwillen und Anstrengung nötig sind, um die Erinnerung von den hässlichen Einzelheiten zu befreien, kann verstehen, wie ein Traum, der Wirklichkeit war – ein grässlicher Wachtraum, grotesk und unheimlich, eine Wiederholung der raffinierten Schrecken der Nacht im nüchternen Licht des Tatsächlichen – wie ein solcher Traum demjenigen anhaftet, der ihn, im Vollbesitze all seiner Kräfte und mit hellwachen Sinnen, durchlebt hat.

Vor ungefähr fünf Jahren jagte ich in der südwestlichen Ecke von Colorado, wo die großen Gebirgsausläufer in felsigen Schluchten und Rinnen von den Bergketten des Inlands zu den grünen Ebenen entlang des Rio San Juan hin abfallen. Eines späten Nachmittags hatte ich mein Lager in der Obhut meines treuen Kameraden Will Hartland gelassen und mich allein in das Buschland aufgemacht. An die fünf oder sechs Meilen vom Zeltplatz entfernt, pirschte ich mich an einen Bock an und verwundete ihn. Er war so schwer getroffen, dass ich bereits Wildbret im abendlichen Kochtopf roch und der breiten Spur, die er hinterlassen hatte, mit dem größten Eifer folgte. Er überquerte ein paar Felsenkämme mit ihren dazwischenliegenden tiefen Tälern und gelangte schließlich in eine wilde, öde Schlucht voller Buschwerk und loser Steine und mit Wildfährten bebändert, aber sonst ein äußerst trostloser und gottverlassener Ort, wo in hundert Jahren niemand hinkommt. Hier sichtete ich mein Wildbret, wie es die Klamm hinuntertorkelte, und jagte, so schnell ich konnte, durch das buschige Gestrüpp und das trockene, schlüpfrige Sommergras hinter ihm her. Nach ein paar hundert Metern wurde das Tal enger und nach weiteren zwanzig waren die steilen, nackten Hänge so weit zusammengerückt, dass sie auf beiden Seiten Wände bildeten und das Ganze nicht viel besser aussah als eine Messerkerbe in den Bergen, auf deren Grund sich der Weg dahinzog.

Ich war ein guter Läufer, und die Jagdleidenschaft hatte mich gepackt. Meine Mokassins flogen durch das gelbe Gras, meine Wangen glühten vor Aufregung; ich ließ mein Gewehr fallen, um unbeschwerter zu sein - nur zehn Meter vor mir hetzte das verfolgte Wild vorwärts und schien eine sichere Beute zu sein! Nach vorn hin war der Ausgang aus der engen Schlucht zu sehen - weite Strecken des silbernen San Juan, wie er sich in zahllosen Windungen durch endlose Meilen grünen Weidelands und grüner Wälder schlängelte - wie ein schönes Gemälde im engen, schwarzen Rahmen der Felsen. Der Abendwind wehte sanft den Cañon herauf, und die Strahlen der bereits untergehenden Sonne überzogen den blaugrauen Himmel mit prächtigen Streifen. Weitere zehn Meter, und wir eilten den engsten Abschnitt des Engpasses entlang. Der Wildpfad, auf dem wir liefen, war kaum einen Fuß breit und fast ganz unter langem, drahtigem, totem Gras verborgen.

Der verwundete Bock war jetzt in Reichweite und gerade, als ich mich mit einem Schrei des Triumphes auf ihn warf, richtete er sich plötzlich, von wahnsinnigem Entsetzen gepackt, torkelnd auf seine Hinterläufe auf, und ehe ich mich versah, taumelten wir, der Hirsch und ich, direkt auf dem Rande einer grauenhaften, trichterförmigen Öffnung - ein schlüpfriger gelber Abhang, der sich auf einmal vor uns aufgetan hatte, und der zum Eingang einer Höhle hinabführte, die dunkel und fürchterlich im Innersten der Erde gähnte. Mit einem Schrei, lauter als mein Triumphgeschrei, warf ich die Hände hoch und versuchte stehen zu bleiben. Es war zu spät. Ich fühlte meine Füße unter mir wegrutschen, und in der nächsten Sekunde fiel ich vornüber, schrie, griff krampfhaft nach dem verrotteten Gras und stürzte hinab. Ich erhaschte einen letzten flüchtigen Blick vom San Juan und dem leuchtenden Himmel über mir, dann wirbelte ich ins Dunkle, in eine grausige, höllische Dunkelheit, die ich ein oder zwei schwindlige, besinnungslose Augenblicke durchfiel. Dann landete ich mit einem dumpfen Aufschlag, der tödlich hätte sein müssen, zerschlagen und fast bewusstlos auf einer weichen, schwammigen Erhebung, die unter mir nachzugeben schien wie ein Federbett. Ich wurde ohnmächtig.

Meine erste Wahrnehmung, als ich wieder zu mir kam, war die eines überwältigenden Gestanks, eines widerwärtigen, tödlichen Pesthauches, an den es kein Gewöhnen gab und der nach ein paar Atemzügen jeden Winkel meines Körpers mit seinem todbringenden Gift durchdrungen, mein Blut gelb gefärbt und meine Verfassung so verändert zu haben schien, dass sie sich in Einklang mit seiner eigenen, abscheulichen Natur befand. Es war ein feuchter, modriger Beinhaus-Geruch, süßlich und gemein, mit einem Anflug von Schlachthaus – ein Geruch von Blut und Verwesung. Ich setzte mich auf und starrte, keuchte in der Dunkelheit um mich. Dann befühlte ich von oben bis unten vorsichtig meine Glieder. Sie waren heil und gesund, und ich war unverletzt, obwohl so wund und voller blauer Flecke, als ob mein Körper einen ganzen Tag lang mit Fäusten bearbeitet worden wäre. Dann tastete ich in der pechschwarzen Finsternis um mich und berührte bald den noch warmen Körper des toten Bockes, den ich geschossen hatte und auf dem ich in der Tat saß. Immer weiter tastend, entdeckte ich auf der anderen Seite ebenfalls etwas Sanftes, Pelziges. Ich befühlte und beklopfte es und erkannte gleich darauf mit Erschrecken, dass meine Finger tief in der lockigen Mähne eines Bisonbullen steckten. Ich zog, und sie kam in stinkenden Büscheln los. Dieser Büffel lag hier schon seit sechs Monaten oder länger. Überall um mich herum, wo immer ich hinfühlte, fand ich, feuchtkalt und klebrig, Pelz, Haar und Hufe, nackte Rippen und Knochen in wildem Durcheinander. Als sich mir in der Dunkelheit diese Todeswildnis enthüllte und die dumpfe, stinkende Luft mir zu Kopf stieg, fingen meine Nerven an zu zittern wie Harfensaiten im Sturm,

und mein Herz, das ich immer gegen jeden Schrecken gefeit geglaubt hatte, klopfte wie das eines Mädchens.
Schwankend und rutschend kam ich auf die Füße, und dann wurde ich mir eines schwach-dämmrigen Lichtkreises bewusst, der das Loch vorstellte, durch das ich gefallen war. Das Zwielicht draußen ließ immer mehr nach und leuchtete bereits nur noch so schwach, dass meine vorgehaltene Hand geisterhaft aussah und kaum noch zu erkennen war. Ich begann, mich langsam an den Wänden entlangtastend, mein Gefängnis zu erforschen. Mit immer tiefer sinkendem Herzen und Gefühlen, die man sich besser vorstellen als ich sie beschreiben kann, folgte ich dem zerklüfteten aber ungebrochenen Rund einer großen, unterirdischen Kammer, vielleicht hundert Fuß lang und fünfzig breit, mit grausamen, gnadenlosen Wänden, die, sich leicht nach innen neigend, von einem unebenen, grausigen Boden aus Fellen und Knochen zu jenem engen Durchgang hoch über meinem Kopf emporragten, wo bereits die Sterne an einem wolkenlosen Himmel funkelten. Unterdessen hatte ich wirkliche Angst bekommen, und der kalte Schweiß stand mir in Perlen auf der Stirn.
Dann packte mich die Vorstellung, dass oben jemand in Hörweite sein könnte. Ich rief wieder und wieder und horchte jedes Mal angestrengt, während das Echo meines Rufes verhallte. Und ich hätte schwören können, dass etwas wie das Klirren geisterhafter Zähne, etwas wie das Klappern von Kinnbacken bei einem Anfall von Schüttelfrost in die eintretende Stille fiel. Mit klopfendem Herzen, beschlichen von einem mir unbekannten Entsetzen, kauerte ich mich in der Finsternis hin und lauschte. Irgendwo im Dunkeln tropfte Wasser, monoton und trostlos, und in unregelmäßigen Abständen vernahm ich in der Ferne der Höhle etwas wie den Atem aus einer ausgedörrten Kehle, obwohl so unbestimmt, dass ich zunächst annahm, es wäre nur das Rascheln des Windes im Gras hoch oben über mir gewesen.
Wieder nahm ich alle meine Entschlusskraft zusammen und rief, bis die Dunkelheit widerhallte, und horchte dann begierig

unter Anspannung aller Sinne. Und wieder kamen aus der Düsternis jenes vibrierende Zähneknirschen und jene flackernden, langen Atemzüge. Dann standen mir die Haare im wahrsten Sinne des Wortes zu Berge, und ich starrte in atemlosem Staunen nach vorn, denn aus dem entferntesten Dunkel, wo die Fäulnis des Bodens mit sinkender Nacht bereits in einem blassblauen, flackernden, phosphoreszierenden Licht zu glühen begann, erhob sich, ebenfalls mit jenem gespenstischen Schein überzogen, etwas Schlankes und Großes und Bebendes. Es war voller Leben und doch nicht ganz von menschlicher Gestalt und hob sich schimmernd vor der dunklen Wand empor, bis sich sein Kopf, in dem hohle Augen eingelassen waren, neun oder zehn Fuß über der Erde befand. Es pendelte und schwankte hin und her und schien, so wie ich zuvor, nach einer Öffnung zu tasten - dann fiel es plötzlich in sich zusammen, zu einem sich windenden Haufen auf dem Boden, und ich hörte deutlich das Fallen seines schweren Körpers, als es in dem blauen Inferno, das unten brannte, verschwand.

Wiederum richtete sich das geisterhafte Ding, mir diesmal sehr viel näher, mühsam zu doppelter Mannesgröße auf, schwankte und tastete umher und sank dann mit einem Geräusch wie das Fallen schwerer Vorhänge herab, als ob die Energie, die es aufgerichtet hatte, mit einmal nachließe. Näher und näher kam es, indem es sich auf jene seltsame Weise die Kreisbahn der Wände entlangbewegte, und verwirrt und voll ängstlicher Scheu kroch ich zur Mitte hin, um das furchtbare Ding vorbeizulassen. Bald darauf bewegte es sich zu meiner unendlichen Erleichterung davon, noch immer schwankend und sich krümmend, und ich konnte wieder atmen.

Als jener leuchtende Schatten in die fernen Winkel der Höhle entschwand, rief ich noch einmal, wahrscheinlich um des Vergnügens willen, meine eigene Stimme zu hören. - Wieder war da jenes Zähneknirschen und einen Augenblick später auf der anderen Seite der Höhle solch grauenhafter Chor gellender Schreie, solch vereinigtes Geheul verlorener Seelen, solch infernalisches Jammern des Leids, der Schande und des Elends, das da in der Stille der Nacht an- und abschwoll, dass ich, einen Augenblick lang für alles andere als jenen entsetzlichen Klang verloren, aufsprang, während mir das Blut in den Adern stockte und zu Eis gefror und mein Körper momentan ohne Puls war, und meine wahnsinnigen Schreie mit den Stimmen jener unsichtbaren Teufel zu einem schrecklichen Chor vereinte. Dann fand ich plötzlich meine Mannhaftigkeit wieder und meine Urteilskraft und meinen Verstand und erkannte in dem zitternden Echo ein Geheul, dem ich oft unter glücklicheren Umständen gelauscht hatte. Jener Tumult kam aus den Kehlen von Wölfen, die gleich mir in die Falle gegangen waren. Aber waren sie lebendig, fragte ich mich mit fasziniertem Staunen – wie konnten sie das sein in dieser grauenvollen Grube? Und wenn nicht – man stelle sich das vor, in solch einer Falle festzusitzen, zusammen mit einem Rudel wölfischer Geister – der Gedanke war unerträglich. In meiner Phantasie sah ich bereits überall Konstellationen grimmiger gelber Augen und Trupps bösartiger grauer Rücken, die in den Schatten hin und her jagten. Mit zitternder Hand fühlte ich in meiner Tasche nach einem Streichholz und fand, dass ich zwei hatte – zwei und nur zwei!

Mittlerweile war der Mond aufgegangen, und ein breites, helles Band silbernen Lichtes kroch die Wände unseres Gefängnisses herab, aber ich konnte nicht darauf warten. Mit fieberhafter Spannung zündete ich das Streichholz an und hielt es über meinen Kopf. Es brannte für eine kurze Weile mit hellem Licht, und ich sah, dass ich mich in einer großen, natürlich entstandenen unterirdischen Höhle befand, mit keinem anderen Auslass als dem engen Hals dort oben, den zu erreichen unmöglich war, da die Wände sich im Aufsteigen überall nach innen neigten. Der ganze Boden war schenkeltief mit einem grausigen Durcheinander tierischer Überreste vollgehäuft, die sich in allen Stadien der Rückkehr zu der Erde befanden, aus der sie gekommen waren, angefangen bei den nackten Knochen, die bei der ersten Berührung zerfallen wären, bis hin zu der immer noch glänzenden, glatten Decke des Hirsches, der erst vor ein oder zwei Wochen hineingefallen war. Solch ein Schlachtfeld hatte ich noch nie gesehen. Solche Felle, solche Trophäen, solche Schädel und Geweihe, wie sie hier überall herumlagen, weckten den Neid meines Jägerherzens – selbst in dieser Notlage.

Aber was meine Blicke wie gebannt in den dämmrigen Schatten festhielt – zwanzig Schritt entfernt, lang ausgestreckt auf dem glatten, wellenförmigen Pfad, den die Füße immer neuer Opfer unaufhörlich, Monat um Monat über Hügel und Täler toter Leiber hinweg unterhalb der Wände ausgetreten hatten – war eine prächtige, achtzehn Fuß lange Pythonschlange. Die gespenstischen Streifzüge dieser Kreatur und ihre ergebnislosen Versuche, die Wände zu erklimmen, waren es gewesen, die mir als Erstes an diesem Ort der Schrecken Angst eingejagt hatten. Ich drehte mich um, denn das Streichholz war nur noch kurz, und ohne die Dutzende von mutlosen Ratten sonderlich zu beachten, die quietschend zwischen kleineren Schlangen und merkwürdigen Reptilien umherkletterten, blickte ich angestrengt zur anderen Seite der Höhle hinüber.

Dort, an die gegenüberliegende Wand gedrängt, saßen fünf der größten, hässlichsten Wölfe, die ein sterbliches Auge je erblickt hatte, und starrten mich mit trüben, kalten Augen an. Ich hatte schon oft Wölfe gesehen, aber solche wie diese nie. Aller Schneid, alle Grazie und wilde Energie ihrer Art hatten sie verlassen. Mit Aas voll gefressen, waren ihre Leiber riesig, aufgeschwollen und ekelhaft. Ihr struppiges Fell hing ihnen in Fetzen von ihrer roten, räudigen Haut, der Speichel rann ihnen in gelben Streifen von den Lefzen, ihre triefenden Augen blickten schläfrig und trübe. Als sie ihre großen Rachen aufsperrten, um in niedergeschlagenem Chor die Hand voll purpurner Nacht über sich anzuheulen, da waren diese trocken und gelb, und um sie war solch eine Aura von abstoßendem Elend, so etwas Jammervolles, dass ich schaudernd und mit einem Schrei, den ich nicht unterdrücken konnte, den Rest des brennenden Streichholzes zu Boden fallen ließ.

Wie lange ich im Finstern gegen die Wand gekauert saß, während jene scheußlichen Musikanten mit ihren geiferbenetzten Zähnen knirschten und unser gemeinsames Schicksal in grässlichem Unisono beklagten, weiß ich nicht zu sagen. Noch auch habe ich Raum genug, die wilden, grauenhaften Visionen wiederzugeben, die meine Gedanken während der nächsten ein oder zwei Stunden erfüllten. Binnen kurzer Zeit jedoch war das Mondlicht von den Wänden zum Boden herabgestiegen und breitete sich zu meinen Füßen wie ein silberner Teppich aus. Und als ich so düster die Vollendung jener Lichtarena beobachtete, bemerkte ich, dass die Wölfe sich bewegten. Ganz langsam kamen sie aus dem Dunkeln hervor, angeführt vom größten und hässlichsten, bis sie alle in dem silbernen Kreis waren, schauerlich, gespenstisch und widerlich, jedes räudige Büschel loser Haare auf ihren wundenübersäten Rücken klar und deutlich zu erkennen. Dann fingen jene dickbäuchigen, phosphoreszierenden Leichenbestatter an, sich auf das Seltsamste zu bewegen, und nachdem ich sie ein oder zwei Augenblicke lang mit fasziniertem Staunen beobachtet hatte, begriff ich, dass sie in ihrer Verzweiflung zu mir gekommen waren, um mich um Gesellschaft und Unterstützung zu bitten. Ich hätte es nicht für möglich gehalten, dass die stumme Kreatur ihre Absicht so deutlich machen kann, wie es diese armen, struppigen Halunken taten. Sie waren in zehn Meter Entfernung stehen geblieben, und mit demütig herabhängenden Köpfen und abgewendeten Augen wedelten sie langsam mit ihren kotverklebten Schwänzen. Dann kamen sie einige Schritte näher und winselten und schwänzelten, dann wieder einen Schritt, legten sich flach auf den Bauch und steckten ihre Schnauzen zwischen die Pfoten wie Hunde, die aufpassen und dösen, während sie mich mit traurigen, großen Augen unverwandt ansahen, verloren und schrecklich.

Schritt um Schritt näherten sie sich – grau und silbern im Licht des Mondes – mit dem Angebot ihrer entsetzlichen Freundschaft, bis ich schließlich geradezu verhext war. Und als der große Wolf bis an mein Knie herankam, der grauenhafte In-

begriff der Verkommenheit, und mit seiner großen, brennenden Zunge meine Hand leckte, setzte ich mich dieser Liebkosung so bereitwillig aus, als wäre es mein Lieblingshund. Von da an schien das Rudel den Pakt für besiegelt zu halten und drängte mir seine verhasste Gesellschaft auf. Sie trotteten dicht hinter mir her, heulten, wenn ich rief, und wann immer ich vor Verzweiflung und Ermattung versuchte, ein bisschen Schlaf zu erhaschen, dann kamen sie und schmiegten sich an mich, indem sie ihre schweren Pfoten auf meine Füße und ihre großen, dampfenden Schnauzen auf meine Brust legten.
Aber es wäre unmöglich, den unendlich quälenden Stunden dieser Nacht Schritt für Schritt nachzugehen. Nicht nur, dass der Ort voller geisterhafter Gestalten und unheimlicher Schreie war, sondern Legionen unreiner Geschöpfe von hunderterlei Art, die auf all den toten Tieren gelebt hatten, als diese ebenfalls noch lebten, schwärmten zu Tausenden aus, um uns anzugreifen, und fügten so dem Inferno einen neuen Schrecken hinzu, indem sie uns, die wir noch Leib und Seele zusammenhielten, so verheerten, dass unser Fleisch auf den Knochen zu brennen schien.
Es gab kein Ausruhen, weder für Mensch noch Tier; das Licht war ein Hohn und die Stille schrecklich. Immer im Kreis herum trabten wir, ich und die niedergeschlagenen Wölfe, auf den düsteren Pfaden, die von Enttäuschung und Leid ausgetreten worden waren. Wir wateten knietief durch eine flackernde See dampfiger blauer Flammen, die von den Überresten aufstiegen, und stolpernd, strauchelnd und umhertastend, besudelten wir uns von Kopf bis Fuß und verfluchten unser Schicksal, jeder in seiner Sprache, während die Nacht dem Ende zuging, der Tau feucht und kalt in unser Gefängnis fiel, und die Sterne, die vom freien, purpurnen Himmel auf uns herabsahen, unsere Gefängniszelle mit dämmrigem Zwielicht erfüllten.
Ich tappte gerade schwankend zum hundertsten Mal an den Wänden entlang und fühlte mit den Händen in hoffnungsloser Suche nach irgendeinem Spalt oder einer Öffnung, als

ich das furchtbarste Erlebnis dieser Nacht hatte. In einem einsamen Winkel der Höhle, in einer kleinen Nische, die ich noch nicht untersucht hatte, berührte ich plötzlich beim Herumtasten im Dunkeln - man stelle sich vor, welcher Schock mich durchfuhr - die mit Stoff bedeckte Schulter eines Menschen! Mit einem Aufschrei sprang ich zurück und stand zitternd da, starrte ins Dunkel und wagte kaum zu atmen. So viel ich auch an diesem fürchterlichen Ort erlitten hatte, so nahm mich doch nichts so sehr mit wie der Kontakt mit dieser entsetzlichen Schulter. Der Himmel weiß, dass wir alle da unten Feiglinge waren, aber eine Minute lang war ich der größte Feigling von allen und fühlte mich von jenen merkwürdigen Anfällen abergläubischen Entsetzens geschüttelt, deren Beschreibung aus dem Mund schwächerer Männer ich früher oft mit Staunen vernommen hatte.

Dann nahm ich meinen schwankenden Mut zusammen, und während die armseligen Wölfe in einem leuchtenden Kreis um mich herumhockten, ging ich in die Nische zurück und legte noch einmal die Hand auf meinen grausigen Gefährten. Die Jacke, die ihn bedeckte, war trocken und vom Alter aufgerauht und darunter - die Berührung verriet es - waren nichts als blanke, klappernde Knochen! Ich stand still und wartete grimmig darauf, dass sich das Flattern meiner physischen Feigheit legte, und dann fiel mir das zweite Streichholz ein. In einem Augenblick voll heftigster Anspannung und mit aller vorstellbaren Vorsicht rieb ich es an der Wand. Es brannte, und zu meinen Füßen, gegen die Wand gelehnt, das Kinn auf die angezogenen Knie gestützt, saß das mit einer zerlumpten Bergmannskluft bekleidete Skelett eines Mannes, so ausgebleicht und trocken, dass es schon seit mindestens fünfzig Jahren dort gewesen sein musste. Neben ihm lagen seine Spitzhacke und sein metallenes Trinkgefäß, eine alte, staubige Taschenbibel, die Überreste eines Filzhutes und ein Paar schwerer Stiefel, noch immer säuberlich nebeneinander, genauso wie der arme Kerl die abgetragenen Dinger hingestellt hatte, als er sie aus irgendeinem Grund das letzte Mal auszog.

Und darüber etwas in den glatten Felsen gekratzt. Hastig riss ich einen Fetzen Papier aus der Tasche und setzte ihn mit dem verlöschenden Streichholz in Brand. Auf dem Stein stand zu lesen:

Montag
Dienstag
Mittwoch

- nichts weiter, und selbst der »Mittwoch« war unvollendet und hörte mit einem zitternden, unsicheren Kratzer auf, der unendlich viel deutlicher, als viele Worte es gekonnt hätten, von der zunehmenden Schwäche der Hand sprach, die ihn hinterlassen hatte - und dann war alles wieder Dunkelheit.
Ich kroch zu meinem entfernten Winkel zurück und kauerte mich wie der Tote an der Wand zusammen, das Kinn auf den Knien, und wiederholte mir immer wieder die grauenhafte Einfachheit jenes Tagebuchs - »Montag, Dienstag, Mittwoch! Armer namenloser Montag, Dienstag, Mittwoch! Sollte das auch mein Schicksal sein?« Ich lachte bitter. Ich würde gleich beim ersten Morgendämmern mit einer ebensolchen Aufzeichnung anfangen, und bis dahin wollte ich schlafen, was immer geschah. Und ich schlief, während die rastlosen blauen Wölfe zum Klang ihrer eigenen grässlichen Musik die ausgetretenen Pfade dieses Beinhauses entlanggaloppierten, während das schweigende Unbekannte in der Ferne drohte und die opalfarbenen Augen der großen Schlange mich wie unheilvolle Planeten zwischen den Füßen des Toten hervor anstarrten, kalt, düster und grausam.

Was mich am nächsten Morgen weckte, war ein Ruf, ein heller, schallender Ruf, der mich aus schrecklichen Träumen hochriss. Ich rappelte mich auf und sah an dem hellen Licht über mir, dass es oben Tag war. Und während ich noch torkelnd und benommen umherwanderte, kam wieder dieser Ruf. Ich starrte nach oben, wo das Sonnenlicht die Öffnung der Falle zu einer unerträglich hellen Scheibe machte, und als sich meine Augen an das Leuchten gewöhnt hatten, war da ein rundes

Etwas, das sich augenblicklich in das gute alte Gesicht meines treuen Kameraden Will Hartland verwandelte. Mehr brauche ich kaum zu sagen. Mit Hilfe seines starken Lassos am Sattelbogen, das er um einen fest in der Erde steckenden Felskegel herumführte, hatte er mich in unglaublich kurzer, in lächerlich kurzer Zeit aus dem verfluchten Loch herausgeholt. Und da war ich nun, an seine Schulter gelehnt, endlich wieder frei. Um uns das erste Erglühen eines Morgens, so herrlich, wie man ihn sich nur wünschen konnte, in der Entfernung der San Juan, der sich, ein saphirblauer Streif, durch Meilen smaragdgrünen Waldes wand, über uns der liebliche blaue Himmel und unter unseren Füßen die Erde, feucht vom Morgennebel und mit dem Geruch kühlen Weins, jeder Grashalm und jeder Zweig mit in allen Regenbogenfarben glitzernden Tautropfen wie mit Edelsteinen geschmückt. Ich setzte mich auf einen Stein und nach einem langen Zug aus Wills Flasche erzählte ich ihm in etwa das, was ich hier gerade geschildert habe. Und als ich damit fertig war, hielt ich eine Minute inne und sagte dann ein wenig verlegen: »Und jetzt gehe ich noch einmal zurück, Will, mein Alter! Zurück, um diese armen Teufel da unten zu holen, für deren Leben keine Chance besteht, wenn ich es nicht tue.« Will, der meiner Erzählung mit Entsetzen und Staunen in seinem ehrlichen braunen Gesicht gelauscht hatte, fuhr auf, als glaubte er, die Abenteuer der Nacht hätten mich völlig um den Verstand gebracht. Aber er war ein guter Kerl, ritterlich und weichherzig unter seiner mexikanischen Jacke. Daher gab er mir bald Recht und machte sich ans Werk, mir zu helfen.

Noch einmal ging es hinab in die Grube, bei deren bloßem Anblick und deren Dunkelheit mir jetzt übel wurde, und dann machte ich mich daran, mit der Schlinge von Wills Lasso (er hielt oben das andere Ende) die armen Biester festzubinden, die winselten und sich in abscheulicher Freude darüber, dass ich wieder bei ihnen war, um meine Beine drängten. Es war eine einfache Aufgabe: Sie waren benommen und schwerfällig und schienen zu ahnen, was ich vorhatte. Auf diese Weise

knüpfte ich sie einen nach dem anderen an, und wenn ein Wolf befestigt war, rief ich zu Will hinauf, der ohne große Umstände zu ziehen anfing. Dann fuhr der graue Ghul* aufwärts in den Sonnenschein, den er viele Wochen lang nicht mehr gesehen hatte, bis er und alle seine Kameraden wieder frei waren. Wie sie sich im Kreis um sich selber drehten, zappelten und jaulten – ein wahrhaft wundervoller Anblick!
Aber nichts konnte die Pythonschlange bewegen. Ich folgte ihr im Kreis herum und versuchte alles, was mir einfiel, um ihren grausamen, zynischen Kopf in die Schlinge zu bekommen. Als sie es ein Dutzend Mal verweigert hatte, wurde ich schließlich ärgerlich, verfluchte sie, und nachdem ich alle Schildkröten, Eidechsen und kleinen Tiere, die ich finden konnte, in den Hosenbund gesteckt hatte, stieg ich einmal mehr in die köstliche Außenluft hinauf.
Nur wenige Stunden später baumelte eine schwere Sprengladung, die von einer benachbarten Mine geholt worden war, an einer Schnur genau im Eingang der abscheulichen Falle. Hell brannte ihre Zündschnur, einige Minuten der Spannung, ein mächtiges Krachen, eine Wolke weißen Rauchs hing über dem grünen Berggipfel, und einer der heimtückischsten Orte, der je das Angesicht der süßen Mutter Erde entstellte, war ein harmloser Haufen von Staub und übereinander gestürzten Steinen.

* Dämon der orientalischen Sage, der Leichen frisst und Gräber plündert.

Perceval Landon

Das Ende der Strecke

Diese Geschichte wurde mir in Rangun von einem Mann erzählt, der, glaube ich, Torrens hieß, aber ich kann mich nicht genau erinnern; vielleicht habe ich seinen Namen auch gar nicht gekannt. Ich weiß eigentlich so gut wie nichts über ihn, außer dass er von der Wahrheit seiner Erzählung überzeugt war. Er sagte, John Silbermeister selbst habe ihm die Geschichte erzählt, und ich zweifle nicht daran, dass das stimmte. Soweit Torrens sich an den Mann erinnern konnte, war Silbermeister ein gewöhnlicher, etwas hoch gewachsener Mann, der kein Blatt vor den Mund nahm und keinen Scherz verstand. Das Gleiche galt übrigens für Torrens. Er sagte mir, er habe die Geschichte so weit überprüft, dass zu der Zeit, von der Silbermeister sprach, die Strecke der North Pacific Railway wohl bis Enderton reichte; und abgesehen davon, welchen Grund hätte Silbermeister haben sollen, diesbezüglich zu lügen? Torrens hatte nicht einmal die Phantasie eines Rikschafahrers, also hat er es auch nicht erfunden. Wie auch immer, ich gebe die Geschichte so weiter, wie ich sie gehört habe.

Torrens war ein kleiner Mann, der in mittleren Jahren angefangen hatte, sich ernsthafter mit Christian Science zu beschäftigen. Er spielte keine ganz unbedeutende Rolle bei der Eisenbahn, und ich glaube, dass er einer der tüchtigsten Leute der Gesellschaft war. Wenn man ihm zuhörte, konnte man sich kaum vorstellen, dass bei der Eisenbahn überhaupt Unfälle passierten, außer vielleicht als eine Art Sinnestäuschung. Ich glaube, er starb etwa zwei Jahre, nachdem er mir die Geschichte erzählt hatte, und um seinetwillen will ich hoffen, dass die Glaubensgrundsätze der Christian Science ihn bis zum Schluss nicht verließen, denn er hatte sie bitter nötig. Er starb 1904 in Bhamo an der Cholera.

Er hatte mich in den Trödelläden von Rangun herumgeführt, und mit seiner Hilfe hatte ich ein oder zwei interessante Stücke aus der Menge moderner Nachbildungen herausgefunden – es wäre ungerecht, sie als Fälschungen zu bezeichnen –, die bei den Händlern von Rangun die Regale füllen. Eines war eine kleine Bronzeschlange, die sich über ihrem eingerollten Schwanz aufrichtete und mich mit Rubinaugen anfunkelte, während er mir im Billardzimmer des »Strand« die Geschichte erzählte. Und ich erinnere mich noch, dass gerade das Schiff von Kalkutta durch die Hastings-Untiefe hereinkam und dabei heulte wie ein verlorener Geist über dem Fluss die Schiffssirene. Die Hitze war enorm. In Rangun gibt es nicht die Mittel gegen Moskitos, die man aus Indien gewöhnt ist. Ein einziger surrender Ventilator musste für den ganzen Raum ausreichen, doch seine Einflusssphäre wurde von zwei deutschen Diamantenhändlern und ihren jettbehangenen Frauen in Beschlag genommen.

»Vor ein paar Jahren«, sagte Torrens, »kam ein Mann namens Silbermeister mit den besten Referenzen zu mir und fragte, ob es die Möglichkeit einer Anstellung für ihn gebe, er wolle beim Bau der Strecke zur Yunnan-Grenze mitarbeiten. Das war noch bevor Curzon das ganze Projekt abblies. Ich darf sagen, dass Curzon Recht damit tat. Der Gleisbau nach Nordosten, sowohl auf unserer Seite wie auch jenseits der Grenze, wäre unglaublich kostspielig und wahrscheinlich undurchführbar gewesen. Es gibt tiefe Schluchten – ›canyons‹ nannte sie Silbermeister –, die unsere Linie hätte überwinden müssen. Im Zickzack mithilfe von Wendestationen hinunter- und auf der anderen Seite wieder hinaufzufahren, war die einzige Methode, wie man sie hätte überqueren können, und bei einer so gigantischen Anfangsinvestition war es zweifelhaft, ob der Fahrbetrieb je auch nur einen müden Cent Gewinn abwerfen würde. Doch wir in Rangun wollten aus politischen Gründen eine feststehende Verbindung zu China haben, und wenn die indische Regierung bereit gewesen wäre, für die Hälfte der Kosten zu bürgen, hätte die burmesische Eisenbahngesellschaft weitergebaut. (Hier irrte sich Torrens wohl.) Silbermeister, der eine Menge Pioniererfahrung im Streckenbau hatte, wäre genau der richtige Mann für den Job gewesen. Während die Sache in Kalkutta zur Entscheidung anstand, blieb er hier, und ich sah ihn ziemlich oft. Eines Abends erzählte mir Silbermeister diese Geschichte, und soweit ich den Mann überhaupt beurteilen kann, glaube ich, dass er die Wahrheit sagte.«

Vor einigen Jahren, als das große New Yorker Syndikat, bei dem Silbermeister mit dreißigtausend anderen angestellt war, den Bau der North Pacific Railway in Nebraska vorantrieb, stand er für etwa drei Monate dem Endbahnhof in Enderton vor. Dabei handelte es sich lediglich um eine stabil gebaute Holzhütte neben den Gleisen. Die Züge fuhren bis ans Streckenende und sollten theoretisch Passagiere befördern, aber in Wirklichkeit wollte kaum jemand weiter als bis nach Castleton fahren, eine Pioniersiedlung bestehend aus einer Ansammlung grob zusammengewürfelter Häuser, die sich bereits zu einem halben Dutzend Geschäften, sieben ›Hotels‹, einem Verschlag für den Elektrogenerator sowie dreißig oder vierzig Holzhäusern mit prätenziösen Namen aufgeschwungen hatte. Hinter Enderton befand sich die Eisenbahnstrecke zu jener Zeit noch im Bau. Die Streckenarbeiter waren in der Hauptsache Italiener. Es war ein schwieriges Stück Arbeit, und etwa acht Meilen weiter vorne war der Bau vorübergehend zum Stillstand gekommen, weil der Untergrund längs eines halb ausgetrockneten Flussbetts stetig absank. Eines Donnerstagmorgens war ein Stück des Bahndamms abgerutscht, und ein italienischer Arbeiter hatte dabei sein Leben verloren. Das war weiter nicht von Bedeutung; jeder Ingenieur weiß, dass ein wichtiges Projekt Opfer kostet, und alles in allem war in diesem Abschnitt der North Pacific-Strecke der Verlust an Menschenleben unerwartet gering. Es gab die üblichen Polizeiwachen in den Arbeitscamps, in denen drei- bis vierhundert Arbeiter lebten.

An einem Freitagabend, zwischen sechs und sieben, saß Silbermeister in seinem Stationshäuschen in Enderton über der wöchentlichen Lohnabrechnung, als aus Castleton eine leichte Lok angefahren kam. Silbermeister erwartete das Geld, von dem er am nächsten Tag den Arbeitern ihren Wochenlohn ausbezahlen sollte. Vom Stand des Lokomotivführers sprang ein Hilfsinspektor, der einen Leinensack mit dem benötigten Geld trug. Es war wie jedes Wochenende. Gleichzeitig luden ein paar Eisenbahner ein halbes Dutzend großer Packkisten vom Tender, die angefordertes Arbeitsmaterial enthielten, und brachten sie in den Gepäckraum, der etwa die Hälfte des Stationshauses einnahm. Der Aufseher ging Silbermeisters Aufstellungen durch, zeichnete sie ab und ließ sich dann eine Quittung für das mitgebrachte Geld ausfertigen. Silbermeister schloss das Geld in den Tresor in seinem eigenen Zimmer und kontrollierte dann die Kisten im Gepäckraum. Unter ihnen befand sich ein ziemlich grausiger Gegenstand, nämlich ein Sarg, den die Eisenbahngesellschaft aus Castleton heraufgeschickt hatte, damit das Opfer des jüngsten Unfalls am Sonntagmorgen würdig beerdigt werden konnte.

Eine weitere Quittung wurde für die Kisten ausgestellt, und dann teilte der Aufseher dem Lokomotivführer mit, er sei abfahrbereit. Doch vorher wendete er sich noch an Silbermeister und sagte:

»Fühlen Sie sich sicher mit dem ganzen Geld hier? Soll ich jemanden dalassen, der die Nacht bei Ihnen bleibt?«

Silbermeister zuckte mit den Schultern und schlug das Angebot lächelnd aus. Er sagte, die Polizei bewache das Arbeitscamp, er und sein schwarzer Bursche hätten schon viele Nächte zusammen in der Station verbracht und er fürchte sich nicht vor Einbrechern. Er habe, so sagte er, einen Revolver bei sich, und das Geld bleibe ohnehin nur eine Nacht bei ihm. Die beiden Männer gaben sich die Hand, und der Aufseher verschwand wie er gekommen war.

Silbermeister ging dann die Bücher noch einmal durch, zählte das Geld nach, kontrollierte, ob die Türen richtig verschlossen waren und schickte seinen Burschen zur Nachtruhe – der Bediente hatte den Tisch für das Abendessen aufgeräumt, während er den Aufseher zur Lokomotive begleitete – und, nachdem Silbermeister die Tür zum Bahnsteig verriegelt hatte, beschäftigte er sich mit kleineren Arbeiten, da jetzt die Pflichten des Tages erledigt waren. Aus Castleton konnte er nicht mehr angerufen werden, also benutzte er die Gelegenheit, den Telegraphen, der auf dem Tisch an der Wand stand und am Morgen nicht einwandfrei funktioniert hatte, zu reinigen und neu einzustellen. Zu diesem Zweck schaltete er den Apparat ab und, da er ein recht geschickter Elektriker war – wenn auch älterer Schule, wie Torrens bemerkte –, erledigte er alles Notwendige in wenigen Minuten. Er ließ den Apparat stehen wie er war, steckte sich eine Pfeife an und kümmerte sich um sein Abendessen. Mittlerweile begann es richtig dunkel zu werden, und er zündete die Kerosinlampe auf dem Tisch an. Aus purer Gewohnheit und obwohl er wusste, dass er sie wahrscheinlich nicht brauchen würde, zündete er auch das Licht der Blendlaterne an, die er abends auf seinem letzten Rundgang mitzunehmen pflegte.
Dann öffnete Silbermeister den Schrank, nahm einen Laib Brot heraus, eine Dose Büchsenfleisch und einen Topf mit Orangenmarmelade. Seine Essensvorbereitungen waren einfach. Es war ein kalter Abend, und er wollte vor dem Schlafengehen noch einen Grog trinken. Also brachte er den Spirituskocher zum Brennen und füllte den Wasserkessel aus einem Krug. Während das Wasser heiß wurde, öffnete er die Fleischdose, schnitt sich eine tüchtige Scheibe Brot ab und deckte den Tisch. Die Sonne war jetzt zur Gänze untergegangen, und nur ein letztes Leuchten des düsteren westlichen Horizonts drang durch die Fenster. Einen Moment lang sah er hinaus über den Bahnsteig und in die weite Ödnis, die sich jenseits davon ausbreitete. Es war keinerlei Leben dort draußen zu sehen – kein Baum, kein Strauch. Dann schloss er das Haus für die Nacht ab

und verriegelte die Fensterläden. Er setzte sich an den Tisch vor sein Essen, lehnte ein Buch aufgeklappt unter die Lampe und machte es sich so bequem wie möglich. Das Rinderpökelfleisch war nicht sonderlich schmackhaft, und er erinnerte sich an eine Flasche mit Soße, die er in einer Kiste im Zimmereck verstaut hatte. Er stand auf, öffnete die Kiste und leerte, um die Soße zu finden, den größten Teil des Inhalts mit einigem Lärm auf den Boden. Während er so beschäftigt war, nahm er nicht wahr, dass der Telegraph auf dem hinteren Tisch eine kurze und deutliche Nachricht heraustickerte: zumindest erregten erst die letzten Zeichen seine Aufmerksamkeit. Er wandte sich um, doch die Nachricht hatte bereits aufgehört. Ohne die Soße gefunden zu haben, stand er auf und murmelte:

»Das Ding hat doch gerade geredet.« Er ging hinüber zu dem Tisch, um von Castleton eine Wiederholung der Nachricht zu erbitten. Aber er stellte nur fest, dass er den Apparat ja selbst vom Netz genommen hatte, um ihn zu reinigen, was er ganz vergessen hatte. Es musste sich um eine Sinnestäuschung handeln; er kehrte also zur Kiste zurück, fand, was er suchte, und ließ sich wieder an seinem Tisch nieder, ohne an den Telegraphen einen weiteren Gedanken zu verschwenden. Er begann zu lesen und war gerade mitten in einem spannenden Satz, als der Telegraph erneut tickerte. Dieses Mal konnte es keinen Irrtum geben. Obwohl Silbermeister wusste, dass er den Apparat vor drei Minuten unangeschlossen hatte stehen lassen, legte er Messer und Gabel ab und lauschte wie im Traum. Es gab keinen Zweifel.

»E-N-T.«

Das Zeichen für Enderton Station wurde klar, dringlich und unüberhörbar gemorst. Er wartete einen Augenblick, und obwohl er den Anruf nicht angenommen hatte, begann die kurze Nachricht. Er murmelte die Worte mit, während sie aus dem Apparat tickerten:

»Achtung der Sarg.«

Eine ganze Minute lang saß Silbermeister wie angewurzelt.

Die Tatsache war unbezweifelbar, und doch weigerte sich sein gesunder Menschenverstand zu glauben, was er gerade gehört hatte. Im Zimmer herrschte Totenstille, abgesehen von dem leisen Zischen des Spirituskochers, auf dem das Wasser siedete. Silbermeister kam sich vor wie in einem Albtraum. Er misstraute seinen Sinnen und entschied, den Telegraphen noch einmal zu überprüfen. Er stand auf, ging zu dem Apparat hinüber und brachte ihn zum Tisch, wo er ihn neben der Dose mit Büchsenfleisch abstellte. Dann blies er den Kocher aus, damit es noch stiller wurde, und beugte sich mit gespannten Sinnen darüber. Die Lampe beleuchtete sein eckiges Kinn und seine tief liegenden Augen, die auf das kleine Gerät aus Holz und Messing starrten. Er wartete nicht lange. Der Apparat, dessen Verbindungskabel immer noch an der Tischkante hin und her baumelten, rief erneut seine Station an:
»E-N-T.«
Schweiß trat auf Silbermeisters Stirn, aber er gab kein Antwortzeichen. Der Apparat fuhr fort. Es war die gleiche Nachricht, kurz, klar und unmissverständlich:
»Achtung der Sarg.«
Silbermeister fuhr sich mit einer Hand übers Gesicht und dachte nach. Wo immer die Nachricht herkommen mochte, sie selbst war eindeutig. Er griff nach der Blendlaterne, sah, dass sie gut brannte, drehte die Lampe über dem Tisch aus und erhob sich vorsichtig. Er ging hinüber zur Tür, die den Wohn- vom Gepäckraum trennte, öffnete sie leise und wartete. Eine Minute zog sich langsam dahin, dann eine zweite und dritte, und immer noch stand Silbermeister im Dunkeln, ebenso regungslos wie der Türpfosten neben ihm. Weder im Stationshaus noch draußen war ein Laut zu hören. So vollkommen war die Stille, sagte Silbermeister, dass man sein eigenes Blut ums Trommelfell rauschen hören konnte - keine schlechte Formulierung, wie Torrens fand.
Schließlich löste sich die Spannung. Ein Geräusch ertönte, ähnlich dem Knabbern einer Maus, und Silbermeister ließ sich lautlos auf die Knie nieder, um konzentrierter zu lauschen.

Ein kaum hörbares Kratzen, das nur von Eisen auf Eisen herrühren konnte, machte Silbermeister die Situation mit einem Schlag klar. In dem Sarg befand sich ein Mann, und dieser hatte den Deckel so präpariert, dass er sich unbemerkt herausarbeiten konnte. In diesem Moment war von draußen auf dem Bahnsteig ein verhaltener Schritt zu hören. Silbermeister zögerte keinen Augenblick. Einige der Kisten mit Arbeitsmaterial für die Schienenarbeit, die an diesem Abend geschickt worden waren, enthielten Stahlwerkzeug, und waren so schwer, dass es zwei Männer brauchte, um sie in den Raum zu tragen. Silbermeister verfügte über große Körperkraft, aber er wusste kaum, wie er es ohne Hilfe schaffte, eine der Kisten herunterzuhieven und auf den Sarg zu manövrieren. Sie krachte so schwer darauf, dass es den Sarg fast zertrümmert hätte.

Sowie er dies bewerkstelligt hatte, war es mit der Maskerade vorbei, und der Mann schrie aus dem Innern seines Gehäuses zu seinem Komplizen nach draußen. Als Antwort schlug jemand wie mit einem Rammbock gegen die Tür. Die schwere Packkiste mochte den Mann noch für eine Weile in seinem Verlies festhalten, also sprang Silbermeister zurück in den Wohnraum, um der neuen Gefahr zu begegnen. Auf die Tür zum Bahnsteig wurde mit solcher Heftigkeit eingeschlagen, dass das Holz über dem Riegel bereits zersplitterte. Um sich vor einem Angriff von hinten zu schützen, nahm er seinen Revolver, zielte auf den Sarg und drückte ab. Nichts geschah. Hier war eindeutig ein Hinterhalt geplant. Sein schwarzer Diener hatte, als Silbermeister den Inspektor zur Lok begleitete, die Gelegenheit genutzt, den Revolver zu öffnen und zu leeren – eine leichte Aufgabe, da er auf dem Tisch gelegen hatte. Es war keine Zeit, zum Gepäckraum zurückzukehren. Er ergriff eine kleine Brechstange und hatte gerade noch genug Zeit, zur Tür zu stürzen, wo sich die Hand seines Dieners durch das entstandene Loch schob und nach dem Riegel tastete. Er packte die Hand des Mannes und zerrte sie ins Zimmer, bis die Achsel des Negers gegen die gesplitterte Öffnung der Tür stieß. Er schlug mit der Stange heftig zu, und der Schwarze schrie vor Schmerz. Er schlug wieder und wieder und wieder zu. Er begriff kaum, was sich in dieser schrecklichen Minute zutrug. Er hieb einfach blind und mechanisch weiter auf etwas ein, was plötzlich nur noch der Ärmel eines Mannes war. Aus dem Gepäckraum, den er gerade verlassen hatte, ertönten nun die verzweifelten Anstrengungen des Eingeschlossenen, und die Packkiste oben auf dem Sarg schaukelte hin und her. Silbermeister achtete nicht darauf. Er verlor den Kopf. Beide Lampen waren jetzt erloschen, und in der Finsternis konnte er nichts tun als auf das einzuschlagen, was er festhielt.

Auf einmal erscholl das Pfeifsignal einer Eisenbahn. Vor dem nächsten Morgen war kein Zug zu erwarten, aber Silbermeister gestand, dass ihn in diesem Augenblick kaum irgendetwas überraschte. Ein paar bewaffnete Männer und der Inspektor sprangen auf den Bahnsteig, nahmen den schwarzen Diener fest, der mittlerweile halb bewusstlos an dem Loch in der Tür hing, und drangen gerade rechtzeitig ein, um den Mann im Gepäckraum abzufangen, der schließlich die Packkiste abgeworfen hatte und drauf und dran war, den Sargdeckel zu öffnen. Es war ein außerordentliches Schauspiel.
Der Inspektor zog den Diener, dessen Arm ein einziger Brei aus zerfetzten Knochen und Blut war, in den Raum und stieß ihn grob beiseite. Dieser brach ohne einen Laut in der Ecke zusammen. Die beiden Männer brachten den Einbrecher in ihrer Mitte ebenfalls in den Wohnraum. Silbermeister setzte sich an den Tisch und stützte den Kopf in die Hände. Der Inspektor sah ihn einen Augenblick lang verwundert an, als er den Kopf hob und sagte: »Gott sei Dank!« Nach einer Pause fragte er: »Wieso sind Sie gekommen?«
Der Inspektor antwortete:
»Ihr Telegramm hat uns gerade noch erreicht, als wir aus Castleton wieder abfahren wollten. Ganz schönes Glück, was?«, fügte er grimmig hinzu.

Silbermeister hob erneut seinen Kopf und fragte, als hätte er nicht verstanden:
»Aber wieso sind Sie gekommen?«
Der Inspektor sagte eine Spur ungehalten:
»Ich habe schon gesagt, Ihr Telegramm hat uns gerade noch rechtzeitig erreicht.«
Es folgte eine weitere Pause von zehn Sekunden, dann zeigte Silbermeister auf den unangeschlossenen Apparat und fragte noch einmal:
»Wieso sind Sie gekommen?« Seine Augen verdrehten sich: »Ich habe keine Nachricht geschickt.« Dann stürzte er ohnmächtig zu Boden.

Mehr weiß ich nicht. Das ist die Geschichte, die Torrens mir erzählt hat, die Geschichte, an die Torrens ohne Zweifel glaubte.

Montague Rhodes James

Der Traktat Middoth

An einem Herbstabend stieß ein älterer Herr mit einem spitzen Gesicht und einem grauen so genannten Picadilly-Bärtchen die Pendeltür zur Eingangshalle einer berühmten Bibliothek auf und wandte sich an den Angestellten hinterm Empfangsschalter mit der Frage, ob er ein Buch ausleihen könne, er glaube, er sei berechtigt, die Bibliothek zu benützen. Selbstverständlich könne er es, war die Antwort, falls er eingetragen sei. Er zeigte seine Karte vor – Mr. John Eldred –, der Angestellte schaute nach und sagte, es stimme. »Nun aber etwas anderes!«, sagte Mr. Eldred. »Ich war schon lange nicht mehr hier und kenne mich in Ihrer Bibliothek nicht aus. Außerdem geht die Öffnungszeit dem Ende zu, und ich vertrage das schnelle Treppensteigen nicht. Hier habe ich aber den Titel des Buches, das ich möchte. Vielleicht ist gerade jemand frei, der es mir heraussuchen könnte?« Der Angestellte überlegte einen Augenblick und winkte dann einem jungen Mann, der gerade vorbeiging. »Mr. Garrett«, sagte er zu ihm, »haben Sie eine Minute Zeit für diesen Herrn?« – »Gewiss!«, antwortete dieser, und Mr. Eldred gab ihm den Zettel mit dem Buchtitel. »Ich glaube, da brauche ich nur hinzulangen, ich habe diese Abteilung erst im letzten Quartal durchgesehen. Ich will aber sicherheitshalber schnell im Katalog nachschlagen. Ich vermute, dass Sie diese bestimmte Ausgabe brauchen?« – »Ja, diese und keine andere«, sagte Mr. Eldred. »Ich bin Ihnen überaus verbunden.« – »Keine Ursache, ich bitte Sie!«, sagte Mr. Garrett und eilte weg.

Er ging mit seinem Finger die Seiten des Katalogs durch und hielt bei einem bestimmten Eintrag. »Ich dachte es mir«, sagte er zu sich selbst. »Talmud: Traktat Middoth, mit dem Kommentar von Nachmanides, Amsterdam 1707. 11. 3. 34. Hebräische Abteilung natürlich. Eine einfache Sache!«

Mr. Eldred hatte sich inzwischen in der Eingangshalle einen Stuhl genommen und wartete ungeduldig auf die Rückkehr von Mr. Garrett. Seine Enttäuschung war offenkundig, als er diesen nach einiger Zeit mit leeren Händen wieder die Treppe herunterkommen sah. »Es tut mir sehr Leid, dass ich Sie enttäuschen muss«, sagte der junge Mann, »aber das Buch ist ausgeliehen.« – »Wie dumm!«, sagte Mr. Eldred. »Kann nicht vielleicht ein Irrtum vorliegen?« – »Ich glaube kaum, Sir, aber wenn Sie eine Minute warten wollen, können Sie den Herrn erwischen, der es entliehen hat. Meines Erachtens muss er die Bibliothek bald verlassen, und ich glaube, ich sah ihn eben dieses Buch aus dem Fach nehmen.« – »Wirklich? Sie kannten ihn wohl nicht? Ich meine, ist es einer der Professoren oder der Studenten gewesen?« – »Ich glaube nicht. Ein Professor auf keinen Fall, denn dann hätte ich ihn gekannt. Allerdings ist das Licht in diesem Teil der Bibliothek nicht sehr gut, zumal um diese Zeit, und ich konnte sein Gesicht nicht sehen. Ich würde sagen, es war ein nicht sehr großer alter Mann, vermutlich ein Geistlicher, nach seinem Umhang zu schließen. Wenn Sie warten wollen, kann ich ihn fragen, ob er das Buch dringend braucht.«

»Nein, nein!«, sagte Mr. Eldred. »Ich will – ich kann jetzt nicht warten. Vielen Dank! Ich muss weg. Aber ich werde morgen nochmals vorbeischauen, wenn es Ihnen recht ist, und vielleicht könnten Sie inzwischen feststellen, wer es entliehen hat.«

»Gewiss, Sir, und ich werde das Buch für Sie bereitlegen, wenn wir …« Aber Mr. Eldred war schon fort. Er hatte sich in einer Eile hinwegbegeben, die kaum gesund für ihn sein konnte.

Garrett hatte gerade etwas Zeit, und so dachte er: ›Ich will nochmals hinaufgehen, vielleicht treffe ich den alten Mann noch an. Höchstwahrscheinlich macht es ihm nichts aus, wenn er das Buch ein paar Tage später bekommt. Und ich glaube, dass es der andere Herr nicht lange braucht.‹ Als er jedoch in die hebräische Abteilung kam, war niemand mehr dort, und der Band mit der Nummer 11. 3. 34 war wieder an seinem Platz im Fach. Er war ärgerlich über sich selbst, weil er einen Kunden so grundlos enttäuscht hatte. Am liebsten hätte er das Buch gleich mit hinuntergenommen, so dass es am nächsten Tag für Mr. Eldred bereitlag, aber das war gegen die Vorschrift. Er würde aber am nächsten Morgen aufpassen, und er bat seinen Kollegen in der Eingangshalle, es ihn sofort wissen zu lassen, wenn Mr. Eldred kam.

Zufällig war er am nächsten Tag selbst gerade in der Halle, als Mr. Eldred in der Tür erschien. Es war gleich, nachdem die Bibliothek geöffnet worden war und als außer dem Personal noch kaum jemand im Haus war.

»Es tut mir außerordentlich Leid«, sagte er, »so ein dummer Fehler ist mir noch nie unterlaufen, aber ich bin sicher, dass der alte Herr das Buch herausnahm und es in der Hand hielt, ohne es aufzuschlagen, ganz so, als wollte er es nach Hause ausleihen und nicht nur etwas nachsehen. Nun, ich gehe jetzt sofort hinauf und hole es Ihnen.«

Nachdem Garrett weg war, verging einige Zeit. Mr. Eldred schritt auf und ab, las sämtliche Anschläge in der Eingangshalle, schaute auf seine Uhr, setzte sich und blickte die Treppe hinauf und verriet in allem, was er tat, äußerste Ungeduld. Es vergingen fünf Minuten, zehn, fünfzehn, zwanzig – schließlich wandte sich Mr. Eldred an Garretts Kollegen und fragte ihn, ob die hebräische Abteilung sehr weit weg sei.

»Ich wundere mich selbst schon einige Zeit, warum er so lange ausbleibt, Sir; er ist sonst sehr flink. Vielleicht hat der Direktor nach ihm geschickt, aber dann hätte er ihm doch bestimmt gesagt, dass Sie auf ihn warten. Ich will versuchen, ihn über die Sprechanlage zu erreichen.« Er fragte nach Garrett, und während er auf die Antwort lauschte, veränderte sich sein Gesicht. Er stellte noch eine oder zwei Fragen, die kurz beantwortet wurden, dann beugte er sich zu Mr. Eldred vor und sagte leise:

»Es tut mir Leid, Sir, es scheint etwas Unangenehmes vorgefallen zu sein. Offensichtlich ist mit Mr. Garrett etwas geschehen. Der Direktor hat nach einer Droschke geschickt und ließ ihn durch einen andern Ausgang nach Hause bringen«. – »Mein Gott! Wollen Sie damit sagen, dass er von jemand angegriffen und verletzt worden ist?« – »O nein, Sir, mir scheint, er hat einen Anfall erlitten, Übelkeit oder so etwas. Er hat keine sehr feste Konstitution, unser Mr. Garrett, müssen Sie wissen. Was aber Ihr Buch betrifft, Sir – vielleicht könnten Sie sich selbst darum bemühen? Es wäre doch zu schade, wenn Sie zum zweiten Mal umsonst gekommen wären.« – »Nein, nein, es tut mir vor allem Leid, dass Mr. Garrett das passierte, während er sich meiner so zuvorkommend annahm. Ich will das Buch jetzt lieber sein lassen und mich gleich nach Mr. Garretts Befinden erkundigen. Sie können mir doch sicher seine Adresse geben?« Er erhielt sie: Mr. Garrett wohnte anscheinend nicht weit vom Bahnhof. »Und noch eine Frage: Vielleicht können Sie mir sagen, ob gestern ein alter Herr, möglicherweise ein Geistlicher, in – ja, in einem schwarzen Umhang nach mir die Bibliothek verließ? Ich möchte fast annehmen, dass er – das heißt, es könnte sein, er hält sich noch – oder vielmehr, ich kenne ihn vielleicht.«

»In einem schwarzen Umhang? Nein! Da waren nur noch zwei Herren, die nach Ihnen gingen, beide übrigens noch jünger. Der eine war Mr. Carter, der irgendein Buch über Musik mitnahm, der andere ein Professor, der ein paar Romane entlieh. Sonst weiß ich niemanden. Nach den beiden ging auch ich und schaute, dass ich zu meinem Tee nach Hause kam. Oh, vielen Dank, Sir, recht vielen Dank!«

Mr. Eldred, immer noch seltsam erregt, nahm eine Droschke und begab sich zu Mr. Garretts Adresse, doch war der junge Mann noch nicht in der Verfassung, um Besuche empfangen zu können. Zwar ging es ihm schon etwas besser, doch meinte seine Wirtin, dass er einen ernsten Schock erlitten haben müsse. Nach dem, was der Doktor gesagt habe, glaube sie, dass man morgen Mr. Garrett wieder besuchen könne. – Es dämmerte schon, als Mr. Eldred in sein Hotel kam, wo er eine sehr unruhige Nacht verbrachte.

Am nächsten Tag konnte er Mr. Garrett sehen. Solange dieser gesund war, war er ein fröhlicher, gut aussehender junger Mann; jetzt saß er blass und zittrig, von Kissen gestützt, in einem Lehnstuhl beim Feuer, fröstelnd und darauf sehend, dass die Tür geschlossen blieb. Er hatte aber Mr. Eldred offensichtlich erwartet. »Nicht Sie müssen sich bei mir, sondern ich muss mich bei Ihnen entschuldigen«, sagte er, »und ich fürchtete schon, das werde mir unmöglich sein, da ich Ihre Adresse nicht kannte. Ich bin sehr froh, dass Sie mich besuchen. Es ärgert mich und tut mir Leid, dass ich Ihnen solche Unannehmlichkeiten mache, aber ich konnte wirklich nicht vorhersehen, was mir passieren würde.«

»Natürlich nicht! Übrigens, ich bin selbst in der Medizin etwas bewandert – gewiss sind Sie in bester Behandlung, aber Sie entschuldigen, wenn ich Sie frage: Sind Sie gestürzt?«

»Nein! Ich fiel zwar auf den Boden, aber nicht von irgendwo herab. Es war ein Schock.«

»Sie meinen wohl, dass Sie irgendetwas erschreckt habe. War es etwas, was Sie zu sehen glaubten?«

»Warum sagen Sie ›glaubten‹? Ja, es war etwas, was ich sah. Sie erinnern sich doch gewiss daran, wie Sie zum ersten Mal in die Bibliothek kamen?«

»O ja, natürlich! Aber ich möchte Sie bitten, mir Ihr Erlebnis jetzt nicht zu beschreiben, ich bin sicher, die Erinnerung daran würde Ihnen schaden.«

»Aber gewiss nicht, im Gegenteil! Es wird mich erleichtern, wenn ich es jemandem wie Ihnen erzählen kann: Sie wissen vielleicht eine Erklärung dafür. Gerade als ich in die Abteilung ging, wo Ihr Buch ist ...«

»Wirklich, Mr. Garrett, ich muss darauf bestehen ... Außerdem ist es, wie ich gerade sehe, höchste Zeit, dass ich mich verabschiede. Ich muss zum Zug und vorher noch meine Sachen packen. Nein – kein Wort mehr! Es würde Sie mehr quälen, als Sie glauben. Aber etwas wollte ich noch sagen. Ich fühle mich

mittelbar für Ihre Krankheit verantwortlich, und ich glaube, ich sollte zumindest für die Kosten aufkommen, die Ihnen durch sie entstehen werden.«
Natürlich lehnte Garrett dieses Angebot sehr bestimmt ab, und Mr. Eldred, der große Eile hatte, wegzukommen, versteifte sich nicht darauf. Bevor er ging, gab ihm Garrett noch die Katalognummer des Traktats Middoth und sagte, er könne sich das Buch leicht selbst besorgen. Mr. Eldred erschien jedoch nicht mehr in der Bibliothek.
Garrett bekam an diesem Tag noch einen Besuch in der Person eines gleichaltrigen Kollegen aus der Bibliothek. Er hieß George Earle und gehörte zu denen, die Garrett in dem Raum der hebräischen Abteilung (der am Mittelgang einer weiten Galerie lag) bewusstlos am Boden liegen fanden. Er war natürlich besorgt über das Befinden seines Freundes, und sobald die Bibliothek geschlossen hatte, machte er sich zu ihm auf den Weg. Nachdem er sich erkundigt hatte, wie es ihm ging, sagte er: »Nun, ich weiß zwar nicht, was bei dir schuld war, aber ich glaube, es ist mit der Luft in der Bibliothek etwas nicht in Ordnung. Kurz bevor wir dich fanden, ging ich mit Davis die Galerie entlang, und ich sagte zu ihm: ›Gibt es irgendwo einen solch modrigen Geruch wie hier? Da muss man ja krank werden.‹ Nun, und wenn man längere Zeit in einer solchen Luft lebt (und ich sage dir, es war schlimmer, als ich mich je erinnern kann), so muss sie doch im Körper Schaden anrichten, und das muss sich eines Tages auswirken, wie bei dir.«
Garrett schüttelte den Kopf. »Das mit dem Geruch mag schon stimmen, aber er ist nicht immer da. Ich habe ihn zwar die letzten paar Tage auch bemerkt – ein ungewöhnlich starker Geruch nach Staub, aber bei mir war es etwas anderes, etwas, was ich *gesehen* habe. Ich muss es dir erzählen! Ich ging in die hebräische Abteilung, um ein Buch für einen Herrn herauszusuchen, der unten danach gefragt hatte. Mit demselben Buch war mir am Tag vorher bereits ein Missgeschick passiert: Ich wollte es gerade holen (übrigens für denselben Herrn), als ich sah,

wie ein alter Pfarrer in einem Umhang es aus dem Fach nahm. Ich sagte dem Herrn unten, dass es ausgeliehen sei. Er ging, wollte aber am nächsten Tag nochmals kommen. Ich eilte deshalb in die Abteilung zurück, um zu sehen, ob ich es nicht von dem Pfarrer bekommen konnte. Doch war weit und breit kein Pfarrer mehr. Dafür stand das Buch wieder im Fach. Gestern, wie gesagt, ging ich nochmals hinauf. Es war gegen zehn Uhr morgens, und diesmal war es so hell, wie es in dieser Abteilung nur sein kann. Und stell dir vor, genau vor dem Fach, zu dem ich wollte, stand - mit dem Rücken zu mir - mein Pfarrer wieder da! Da er seinen Hut auf den Tisch gelegt hatte, sah ich diesmal, dass er eine Glatze hatte. Ich wartete einen Augenblick oder zwei und schaute zu ihm hinüber. Ich kann dir sagen, seine Glatze war geradezu widerlich. Sie schien mir wie ausgetrocknet, staubig, und die paar Haarsträhnen weniger wie Haar denn wie Spinnweben. Nun, ich verursachte absichtlich ein Geräusch, hustete und machte ein paar Schritte, bis er sich umdrehte und mir sein Gesicht zeigte (das ich noch nicht gesehen hatte), oder jedenfalls dessen oberen Teil, denn aus irgendeinem Grund konnte ich von dem unteren nichts erkennen. Ich sage dir, ich habe mich nicht getäuscht: Es war völlig vertrocknet, und die Augen ganz tief eingesunken, und über ihnen, von den Augenbrauen bis zu den Backenknochen, waren dicke Spinnweben. Das war zu viel für mich. Was weiter geschah, weiß ich nicht.«

Es kann uns ziemlich gleichgültig sein, was für eine Erklärung Earle für diese Erscheinung fand. Sie konnte jedenfalls Garrett nicht davon überzeugen, dass er das gar nicht gesehen habe, was er gesehen hatte.

Der Bibliotheksdirektor bestand darauf, dass Garrett eine Woche ausspanne, bevor er seinen Dienst wieder antrete. Eine Luftveränderung, meinte er, würde ihm gut tun, und so stand Garrett ein paar Tage später mit dem Koffer auf dem Bahnhof, um nach Burnstow am Meer zu fahren, das er noch nicht kannte. Er hielt Ausschau nach einem leeren Raucherabteil und glaubte schon, eines gefunden zu haben, als er vor dessen

Tür eine Gestalt bemerkte, die ihn so sehr an eine andere, mit jüngst gemachten, unangenehmen Erfahrungen verknüpfte Gestalt erinnerte, dass er, von einer plötzlichen Schwäche und Übelkeit befallen und ohne recht zu wissen, was er tat, die Tür des nächsten Abteils aufriss und sich hineinwarf, als sei ihm der Tod selbst auf den Fersen. Gleich darauf fuhr der Zug ab. Garrett musste bewusstlos geworden sein, denn das Nächste, woran er sich später erinnerte, war ein Riechfläschchen, das man ihm unter die Nase hielt. Die sich so um ihn bemühte, war eine liebenswürdige alte Dame. Außer ihr und ihrer Tochter war niemand in dem Abteil.

Wäre dieser Vorfall nicht gewesen, er wäre mit seinen Mitreisenden wohl kaum näher ins Gespräch gekommen. So aber war es geradezu unvermeidlich, nachdem er sich bedankt und die Damen sich nach seinem Befinden erkundigt hatten. Am Ende der Reise hatte Garrett in seinem Erholungsort bereits eine Wirtin, denn es stellte sich heraus, dass Mrs. Simpson in Burnstow Zimmer vermietete, die Garretts Ansprüchen gerade gerecht wurden. Da zu dieser Jahreszeit in Burnstow nicht viel los war, so hielt sich Garrett ziemlich an die Mutter und ihre Tochter. Er fühlte sich in ihrer Gesellschaft recht wohl.

Am dritten Abend seines Aufenthalts war ihre Bekanntschaft bereits so weit gediehen, dass er in das private Wohnzimmer seiner Wirtin eingeladen wurde.

Während der Unterhaltung ergab es sich, dass Garrett seinen Beruf nannte. »Oh, ich finde es schön in Bibliotheken«, sagte Mrs. Simpson und legte seufzend ihre Arbeit nieder, »obwohl ich sagen muss, dass ausgerechnet ein Buch in meinem Leben eine traurige Rolle spielt.«

»Nun, Mrs. Simpson, Bücher gewähren mir meinen Lebensunterhalt, und so kann ich unmöglich etwas gegen sie sagen. Es tut mir Leid, wenn Sie Schlechtes durch sie erfahren haben.«

»Vielleicht könnte uns Mr. Garrett helfen, unser Rätsel zu lösen, Mutter«, sagte Miss Simpson.

»Ich möchte Mr. Garrett nicht mit Nachforschungen beschäftigen, die ihn sein ganzes Leben in Anspruch nehmen könnten, meine Liebe. Überhaupt können wir ihn nicht mit unsern privaten Angelegenheiten belästigen.«

»Wenn Sie glauben, dass ich Ihnen irgendwie nützlich sein kann, so möchte ich Sie bitten, dass Sie mir verraten, worum es geht, Mrs. Simpson. Gilt es, etwas über ein Buch herauszufinden, so stehen mir dafür die besten Möglichkeiten zur Verfügung.«

»O ja, das seh ich ein, aber das Schlimme ist, dass wir den Titel des Buches gar nicht kennen.«

»Wissen Sie auch über den Inhalt nichts?«

»Nein, auch nicht!«

»Wir vermuten nur, dass es nicht in Englisch geschrieben ist, nicht wahr, Mutter? Aber das hilft uns natürlich so gut wie nichts.«

»Nun, Mr. Garrett«, sagte Mrs. Simpson, die ihre Arbeit noch nicht wieder aufgenommen hatte und nachdenklich ins Feuer blickte, »ich will Ihnen die Geschichte erzählen. Aber, bitte, behalten Sie sie für sich! Vielen Dank! Also, es handelt sich um Folgendes: Ich hatte einen Onkel, Dr. Rant – vielleicht haben Sie schon von ihm gehört? Nicht dass er ein bedeutender Mann gewesen wäre, ich meine vielmehr, wegen der seltsamen Art des Begräbnisses, das er sich wählte.«

»Ich glaube, ich habe den Namen mal in irgendeinem Führer gelesen.«

»Das ist er«, sagte Miss Simpson. »Dieser schreckliche alte Mann hinterließ die Anweisung, dass man ihn, in seinen gewöhnlichen Kleidern an einem Tisch sitzend, in einem aus Ziegelwänden errichteten Raum begrabe, den er auf einem Feld in der Nähe seines Hauses unter der Erde hatte anlegen lassen. Natürlich sagen die Leute dort auf dem Land, dass sie ihn in seinem alten schwarzen Umhang schon herumgeistern gesehen hätten.«

»Nun, meine Liebe, darüber weiß ich nicht viel«, fuhr Mrs. Simpson fort, »er ist jedenfalls seit über zwanzig Jahren tot. Er war Geistlicher – obwohl ich mir wirklich nicht vorstellen kann, wie er das wurde –, aber er hat lange vor seinem Tod schon kein Amt mehr versehen, und daran tat er meines Erachtens recht. Er lebte von seinem eigenen Besitz: einem sehr schönen Gut nicht sehr weit von hier. Er war nicht verheiratet und hatte keine Familie, nur eine Nichte, das war ich, und einen Neffen. Er mochte im Grunde keinen von uns beiden, geschweige denn sonst jemanden in der Welt. Allenfalls dass er meinen Cousin noch eher mochte als mich, denn dieser ähnelte ihm mehr in seiner Art, vor allem, wie ich sagen muss, in seinem Geiz und in seiner Rücksichtslosigkeit. Vielleicht wäre es anders gewesen, wenn ich nicht geheiratet hätte: denn dass ich es tat, hat er mir sehr übel genommen. Nun, er hatte also dieses Gut und außerdem noch eine Menge Geld, wie sich herausstellte, über das er völlig frei verfügen konnte, und es schien selbstverständlich, dass wir – mein Cousin und ich – ihn nach seinem Tod je zur Hälfte beerben würden. Es ist nun, wie gesagt, über zwanzig Jahre her, dass er während eines Winters plötzlich krank wurde. Man schrieb mir, damit ich kam und ihn pflegte. Mein Mann lebte damals noch, aber der Kranke wollte nichts davon wissen, dass er mitkam. Als ich vor dem Haus eintraf, fuhr mein Cousin John gerade in einem offenen Einspänner weg, und zwar, wie mir auffiel, in der allerbesten Laune. Ich tat für meinen Onkel, was ich konnte, aber mir wurde sehr bald klar, dass dies seine letzte Krankheit sein würde. Auch er wusste, wie es um ihn stand. Am Tag bevor er starb musste ich ständig an seinem Bett sitzen, und ich merkte, dass er etwas auf dem Herzen hatte, wahrscheinlich etwas Unangenehmes, das er mir noch zu sagen hatte. Er wollte aber wohl – wie mir schien, absichtlich, um meine Spannung zu erhöhen – die Eröffnung so lange hinausschieben, wie es ihm seine nachlassenden Kräfte erlaubten. Schließlich kam es heraus. ›Mary‹, sagte er, ›ich habe mein Testament zu Gunsten von John gemacht: Er bekommt alles.‹ Nun, das war natürlich ein schwerer Schlag für mich, zumal wir nicht reich waren und ich überzeugt war, dass es das Leben meines Mannes verlängern würde, wenn er es sich etwas leichter machen könnte. Zu meinem Onkel sagte ich aber weiter nichts, als dass es sein gutes Recht sei, das zu tun, was ihm beliebte, und zwar teils, weil ich nicht recht wusste, was ich sagen sollte, und teils, weil ich vermutete, dass noch etwas kommen würde. Ich hatte richtig vermutet: ›Aber, Mary‹, sagte er, ›mir liegt eigentlich gar nichts an John, und so habe ich noch ein zweites Testament zu deinen Gunsten gemacht. Du kannst alles bekommen - wenn du dieses Testament findest, denn ich werde dir nicht sagen, wo es ist.‹ Er kicherte in sich hinein, und ich schwieg, da ich wieder vermutete, dass er noch nicht am Ende sei. ›Nun, du bist ein vernünftiges Mädchen‹, fuhr er nach einiger Zeit fort, ›und ich will dir genau so viel sagen, wie ich John sagte. Übrigens muss ich dich darauf hinweisen, dass dir das, was du von mir erfährst, vor Gericht gar nichts nützt, denn du kannst keinen Beweis dafür erbringen, und John ist ein Mann, der auch mal einen Meineid auf sich nimmt, wenn es nötig ist. Darüber brauchen wir also nicht zu sprechen. Nun hatte ich den Einfall, dieses Testament nicht in der üblichen Art aufzusetzen, ich schrieb es vielmehr in ein Buch, ein gedrucktes Buch. Allerdings gibt es in diesem Haus mehrere tausend Bücher, aber die brauchen dich nicht zu bekümmern, denn es ist keines von ihnen. Es wird woanders verwahrt: nämlich an einem Ort, den John zwar auch nicht kennt, zu dem er aber - im Gegensatz zu dir - jederzeit Zutritt hat, so dass er es nur herauszusuchen bräuchte. Das Testament ist völlig in Ordnung: Es ist von mir und zwei Zeugen eigenhändig unterzeichnet - doch glaube nicht, du könntest vielleicht die Zeugen ausfindig machen.‹ Ich sagte immer noch nichts. Hätte ich irgendwie auf das Gesagte reagieren wollen, ich hätte den teuflischen Alten packen und schütteln müssen. Er lag da und lachte in sich hinein und sagte schließlich: ›Nun, du hast es sehr ruhig aufgenommen, und da ich möchte, dass ihr beide dieselben Chancen habt, John aber etwas im Vorteil ist, so will ich dir noch zwei Dinge sagen, die ich ihm nicht sagte. Das Testament ist in Englisch abgefasst, aber du würdest es nicht erkennen, wenn du es sähest. Das ist das eine, und das andere: Wenn ich gestorben bin, wirst du in meinem Schreibtisch einen Umschlag mit deinem Namen darauf finden und darin etwas, das dir bei der Suche nach dem Testament helfen kann, wenn du nur etwas damit anzufangen weißt.‹ – Ein paar Stunden später war er tot, und obwohl ich mich wegen der Sache an John Eldred wandte ...«

»John Eldred? Entschuldigen Sie, Mrs. Simpson, ich glaube, ich bin schon einmal einem John Eldred begegnet. Darf ich fragen, wie er aussieht?«

»Ich glaube, ich habe ihn schon seit zehn Jahren nicht mehr gesehen. Er muss jetzt ein älterer Herr sein, ziemlich hager, und wenn er ihn inzwischen nicht wegrasiert hat, so trägt er einen Bart von der Art, wie ihn Leute – ja, wie nennen ihn die Leute? Ich glaube Dundreary- oder Picadilly-Bart.«

»Einen Picadillybart? O ja, dann ist er's!«

»Wo sind Sie mit ihm zusammengekommen, Mr. Garrett?«

»Ich könnte es Ihnen gerade gar nicht sagen«, log Garrett, »an irgendeinem öffentlichen Ort. Aber Sie haben nicht zu Ende erzählt!«

»Oh, es gibt da nicht mehr viel zu erzählen. Natürlich hat John Eldred auf meinen Brief überhaupt nicht reagiert. Das Gut gehört ihm, während meine Tochter und ich hier diese Pension führen müssen, um leben zu können, wobei ich sagen muss, dass diese Tätigkeit durchaus auch ihre schönen Seiten hat, was ich ursprünglich nicht zu hoffen wagte.«

»Was aber war in dem Umschlag?«

»Ja, freilich! Nun, das ist eben unser Rätsel, das wir nicht lösen können. Gib doch Mr. Garrett den Zettel aus meinem Schreibtisch!«

Es war ein kleiner Zettel, auf dem nichts weiter stand als eine Zahl mit fünf Ziffern, die weder durch ein Komma noch sonstwie getrennt waren: 11334. Mr. Garrett überlegte, aber in seinen Augen funkelte es. Plötzlich verzog er das Gesicht und fragte: »Glauben Sie, dass Mr. Eldred einen Anhaltspunkt dafür besitzt, wie der Titel des Buches lautet?«

»Ja, ich habe mir manchmal gedacht, dass er einen haben muss«, sagte Mrs. Simpson, »und zwar aus folgendem Grund:

Mein Onkel muss das Testament kurz vor seinem Tod gemacht haben (wenn ich mich recht erinnere, sagte er das selbst), und unmittelbar darauf scheint er sich des Buches entledigt zu haben. Nun waren aber alle seine Bücher sorgfältig katalogisiert, und John hat den Katalog, und überdies hat er immer darauf gesehen, dass kein Buch außer Haus kam. Und ich habe gehört, dass er ständig herumreist und Buchhändler und Bibliotheken aufsucht. So vermute ich, dass er herausgefunden hat, welche der Bücher meines Onkels fehlen, obwohl sie im Katalog aufgeführt sind, und dass er nach ihnen sucht.«

»Ganz richtig, so muss es sein«, sagte Mr. Garrett und verfiel in Nachdenken.

Am nächsten Tag teilte er Mrs. Simpson mit, er habe einen Brief erhalten, der ihn zwinge, seinen Aufenthalt in Burnstow sofort abzubrechen.

Er bedauerte es, dass er abreisen musste (und Mrs. und Miss Simpson tat es mindestens ebenso Leid, dass er sie so schnell verließ), fühlte aber, dass die Angelegenheit von Mrs. Simpson einem für sie (und sollen wir hinzufügen, auch für ihre Tochter?) bedeutsamen Höhepunkt zustrebte.

Im Zug war Garrett aufgeregt und voller Unruhe. Er zerbrach sich den Kopf darüber, ob die Katalognummer des Buches, nach dem Mr. Eldred gefragt hatte, etwas mit der Zahl auf Mrs. Simpsons Zettel zu tun hatte. Aber zu seiner Bestürzung musste er feststellen, dass der Schock in der vergangenen Woche in ihm jede Erinnerung an den Titel oder die Art des Buches ausgelöscht hatte, ja dass er nicht einmal mehr wusste, in welcher Abteilung er es gesucht hatte, obwohl er die Einteilung der ganzen Bibliothek und alles, was sonst mit seiner Arbeit zusammenhing, genau im Kopf hatte.

Dazu kam noch etwas – er stampfte vor Ärger mit dem Fuß, als er daran dachte –: Er hatte zuerst gezögert und dann darauf vergessen, Mrs. Simpson nach der Adresse von Mr. Eldred zu fragen. Doch tröstete er sich damit, dass er Mrs. Simpson ja schreiben konnte. Immerhin war die Zahl auf dem Zettel ein Anhaltspunkt. Wenn sie sich auf eine Katalognummer in seiner Bibliothek bezog, so ließ sie nur wenige Möglichkeiten offen. Es konnte sich dann nur um die Nummern 1. 13. 34 oder 11. 33. 4 oder 11. 3. 34 handeln, die er innerhalb von ein paar Minuten nachschlagen konnte. Sollte eines dieser Bücher nicht im Fach sein, ließ sich sein Verbleib leicht feststellen. – Nachdem er seiner Wirtin und seinen Kollegen möglichst rasch seine vorzeitige Rückkehr erklärt hatte, machte er sich sogleich an die Arbeit. 1. 13. 34 war da, enthielt jedoch nichts außer dem Buchtext. Als er sich der Abteilung 11 auf derselben Galerie näherte, überkam ihn die Erinnerung wie ein Frostschauer. Aber er durfte jetzt nicht zurück. Nach kurzer Prüfung von 11. 33. 4 (auf das er zuerst stieß und das ein ganz neues Buch war) ließ er seinen Blick über die Reihe von Bänden gleiten, die das Fach 11. 3. füllten. Und hier war, wie er schon befürchtet hatte, eine Lücke: 34 fehlte. Ein Augenblick genügte ihm, um sich zu vergewissern, dass es nicht falsch eingestellt war, dann eilte er zur Eingangshalle hinunter.

»Ist 11. 3. 34 ausgeliehen worden? Erinnern Sie sich an die Nummer?«

»Ob ich mich an die Nummer erinnere? Wie stellen Sie sich das vor, Mr. Garrett? Da, sehen Sie selber die Ausleihzettel durch, wenn Sie heute sonst nichts zu tun haben!«

»Oder hat ein Mr. Eldred noch einmal vorgesprochen? Sie wissen doch, der alte Herr, der an dem Tag kam, an dem ich krank wurde!«

»Wofür halten Sie mich? Natürlich erinnere ich mich an ihn. Nein, er ist nicht mehr da gewesen, seit Sie in Urlaub fuhren. Aber ich glaube – ja, Roberts muss es wissen! Roberts, erinnerst du dich an den Namen Eldred?«

»Ich weiß nicht recht«, sagte Roberts, »meinst du den, der für das Paket einen Schilling mehr schickte, als das Porto ausmacht? *Das* wenn alle täten!«

»Wollen Sie damit sagen, dass Sie Mr. Eldred Bücher geschickt haben? Reden Sie! Haben Sie ihm Bücher geschickt?«

»Nun, nun, Mr. Garrett, wenn ein Herr den Ausleihzettel ordentlich ausgefüllt einsendet, und der Sekretär sagt, dass das

Buch ausgeliehen werden kann, und auch eine Schachtel mit der Adresse darauf gleich mitgeschickt wird und das Geld fürs Porto, was würden Sie dann tun, Mr. Garrett, wenn ich fragen darf? Hätten Sie dann dem Herrn nicht auch den Gefallen getan? Oder hätten Sie einfach alles in den Papierkorb geworfen und …«

»Nein, Sie haben ja völlig richtig gehandelt, Hodgson, es ist alles in Ordnung! Nur seien Sie doch so gut und zeigen Sie mir den Schein, den Mr. Eldred einsandte, und sagen Sie mir seine Adresse!«

»Gewiss, Mr. Garrett, Sie können alles von mir verlangen, wenn Sie nur nicht so mit mir herumspringen und mir sagen, ich kenne meine Pflicht nicht. Der Schein muss unter diesem Stoß hier sein. Da: J. Eldred, 11. 3. 34 – Titel des Buches: T-a-l-m… Ach was, da haben Sie ihn! Kein Roman, würde ich sagen! Und da haben Sie auch Mr. Eldreds Brief.«

»Oh, vielen Dank! Aber die Adresse? Sie ist nirgends angegeben!«

»Ja, allerdings … Warten Sie, Mr. Garrett, ich weiß schon! Die Schachtel war ja schon adressiert, damit wir sie nur mit dem Buch zurückzuschicken brauchten und weiter keine Mühe damit hatten, und wenn ich bei dem ganzen Geschäft einen Fehler machte, so den, dass ich versäumt habe, die Adresse in mein Büchlein hier einzutragen. Ich hatte aber meine Gründe dafür, über die ich mich jetzt nur nicht auslassen kann, denn ich hab gerade keine Zeit, und Sie wahrscheinlich auch nicht. Im Kopf hab ich die Adresse natürlich nicht, denn dann bräuchte ich ja dieses Büchlein nicht – ein ganz gewöhnliches Notizbüchlein, wie Sie sehen, in das ich immer dann Namen und Adresse eintrage, wenn ich es für angebracht halte.«

»Zweifellos eine bewundernswerte Einrichtung, nur … Nun ja, es ist gut, ich danke Ihnen! Wann wurde das Paket weggeschickt?«

»Heute Vormittag um halb elf.«

»Gut! Und jetzt ist es ein Uhr.«

Garrett ging nachdenklich die Treppe hinauf. Wie bekam er

jetzt die Adresse? Ein Telegramm an Mrs. Simpson? Während er auf die Antwort wartete, würde er wahrscheinlich den nächsten Zug verpassen. Aber es gab noch einen andern Weg! Sie hatte gesagt, dass Eldred auf dem Gut lebte, das er von seinem Onkel geerbt hatte. Dann musste der Ort im Schenkungsbuch zu finden sein. Das konnte er schnell durchgehen, da er ja den Titel des Buches jetzt wusste. Er holte es sich und schlug es bei 1870 auf, da er wusste, dass der Onkel vor etwas mehr als zwanzig Jahren gestorben war. (Um sicher zu gehen, gab er noch ein paar Jahre zu.) Es kam nur ein Eintrag in Frage: »14. August 1875 - Talmud: Tractatus Middoth cum comm. R. Nachmanidae. Amstelod, 1707. Schenkung von Dr. J. Rant, Bretfield Manor.«

In einem geographischen Lexikon fand er, dass Bretfield drei Meilen von einer kleinen Station an der Hauptlinie entfernt war. Nun war nur noch Hodgson zu fragen, ob auf dem Paket als Ort Bretfield angegeben war.

»Nein, er hieß anders! Jetzt, da Sie es sagen, erinnere ich mich: es war entweder Bredfield oder Britfield, aber bestimmt nicht so, wie Sie sagten.«

So weit war also alles klar. Jetzt das Kursbuch! Ein Zug ging in zwanzig Minuten. Er brauchte etwa zwei Stunden bis zu der Station. Es war die einzige Möglichkeit, er durfte ihn nicht versäumen. Garrett eilte zum Bahnhof.

War er schon auf der Fahrt am Morgen ziemlich nervös gewesen, so war er nun noch viel erregter. Was sollte er Eldred sagen, wenn er ihn antraf? Es habe sich herausgestellt, dass das Buch eine kostbare Rarität sei, und man müsse es deshalb zurückfordern? Eine offenkundige Lüge! Oder: Man glaube, dass es mit wichtigen handschriftlichen Anmerkungen versehen sei? Eldred würde ihm natürlich das Buch zeigen, aber er würde das Blatt, auf das es ankam, bereits herausgeschnitten haben. Vielleicht wären noch entsprechende Spuren zu erkennen, etwa der Rand eines herausgerissenen Vorsatzblattes, aber wer könnte Eldred widerlegen, wenn er sagte, er habe die Beschädigung auch schon bemerkt, zu seinem eigenen Bedauern, sie stamme jedoch nicht von ihm? Alles in allem erschien die Jagd nach dem Testament ziemlich aussichtslos. Er hatte nur eine Hoffnung: Das Buch hatte die Bibliothek um halb elf verlassen, und vielleicht war es nicht gleich mit dem nächsten Zug um 11.20 Uhr weggekommen. In diesem Fall hätte er Glück gehabt, denn dann würde er gleichzeitig mit ihm ankommen, und er könnte irgendeine Geschichte erfinden, um Eldred zur Rückgabe zu bewegen.

Es dämmerte bereits, als er auf der kleinen Station ausstieg. Wie auf den meisten Bahnhöfen auf dem Land herrschte auch auf diesem eine Ruhe, die Garrett geradezu unnatürlich anmutete. Er wartete, bis die ein oder zwei Reisenden, die mit ihm ausgestiegen waren, sich entfernt hatten, und fragte dann den Bahnhofsvorsteher, ob es hier in der Nähe einen Mr. Eldred gebe.

»Gewiss, und ich glaube sogar, ziemlich in der Nähe, denn er wird wahrscheinlich hierher kommen wegen eines Pakets, das er erwartet. Er hat heute schon mal danach gefragt, nicht wahr, Bob?« fragte er den Paketträger.

»Jawohl, und er tat so, als sei ganz allein ich schuld, dass es mit dem Zwei-Uhr-Zug nicht gekommen ist. Nun, jetzt hab ich es, wenn er kommt«, sagte Bob und schwenkte ein kleines Paket. Ein Blick überzeugte Garrett, dass es das enthielt, was ihn im Augenblick allein interessierte. »Bretfield, Sir? Ja, etwa drei Meilen von hier. Wenn Sie über die drei Felder dort gehen, sparen Sie sich eine halbe Meile. Da kommt übrigens Mr. Eldreds Wagen.«

Ein leichter zweirädriger Wagen fuhr vor, von deren beiden Insassen Garrett einen ohne Mühe wiedererkannte, als er, den Bahnhofsvorplatz überquerend, kurz zurückblickte. dass Eldred mit dem Wagen hier war, war für ihn von Vorteil, denn er würde das Paket höchstwahrscheinlich nicht in Gegenwart seines Bediensteten öffnen. Andrerseits würde er mit dem Wagen schnell wieder zu Hause sein, und Garrett durfte höchstens eine oder zwei Minuten später ankommen, wenn er etwas erreichen wollte. Er musste sich also beeilen, und er tat es. Sein Weg bildete die eine Seite eines Dreiecks, deren beide andere der Wagen auszufahren hatte. Außerdem wurde Eldred an der Station etwas aufgehalten, so dass Garrett bereits über das letzte der drei Felder schritt, als er ziemlich nahe die Räder des Wagens hörte. Er hatte sich beeilt, so sehr er nur konnte, aber bei dem Tempo des Wagens schwand ihm alle Hoffnung. Eldred musste so das Haus zehn Minuten vor ihm erreichen, und zehn Minuten waren mehr als genug, um auszuführen, was Eldred vorhatte.

In diesem Augenblick begann ihm das Glück zu lächeln. Der Abend war still, jeder Laut deutlich zu hören, und selten schuf ein Geräusch jemandem mehr Erleichterung als jenes, das Garrett jetzt hörte: Der Wagen, seinem Blick gerade entzogen, hielt an. Ein paar Worte wurden ausgetauscht, dann fuhr er wieder weiter. Garrett war in höchster Erregung stehen geblieben. Als der Wagen an dem Zauntritt vorbeikam, hinter dem er stand, sah er nur noch den Bediensteten darin. Kurz darauf bemerkte er Eldred, der zu Fuß folgte. Er trat hinter die Hecke neben dem Zauntritt, der unmittelbar auf die Straße hinausführte, und beobachtete die magere, sehnige Gestalt mit dem Paket unterm Arm. Eldred schien in seinen Taschen etwas zu suchen, und gerade als er an Garrett vorbeieilte, fiel aus einer Tasche etwas ins Gras, jedoch so geräuschlos, dass er es nicht bemerkte. Einen Augenblick später trat Garrett auf die Straße hinaus (Eldred konnte ihn nicht mehr sehen) und hob – eine Schachtel Streichhölzer auf. Dann folgte er Eldred, der im Weitergehen mit den Armen seltsame, hastige Bewegungen vollführte. Sie waren im Schatten der Bäume, deren Äste über die Straße hingen, schwer zu deuten, aber Garrett fand bald an verschiedenen Stellen den Schlüssel dazu: ein Stück Schnur zuerst, dann Packpapier, das Eldred über die Hecke hatte werfen wollen, aber darin hängen geblieben war. Eldred ging jetzt etwas langsamer, und man konnte sehen, dass er das Buch aufgeschlagen hatte und darin blätterte. Schließlich blieb er stehen, offensichtlich machte ihm die Dämmerung zu schaffen. Garrett trat in eine Einfahrt, behielt aber Eldred im Auge, der sich nun, hastig um sich blickend, auf einen Baumstumpf am Straßenrand setzte und sich ganz dicht über das geöffnete Buch beugte. Plötzlich legte er es, immer noch aufgeschlagen, auf sein Knie und suchte in seinen sämtlichen Taschen herum, jedoch vergeblich, was ihn offensichtlich sehr ärgerte. »Jetzt wärst du froh um deine Zündhölzer«, dachte Garrett. Dann begann Eldred eines der Blätter aus dem Buch herauszureißen. In diesem Augenblick geschah zweierlei. Zuerst schien etwas Schwarzes auf das weiße Blatt zu fallen und daran herunterzugleiten, und dann, als Eldred zurückschrak und sich umwandte, um hinter sich zu sehen, schien eine kleine dunkle Gestalt aus dem Schatten hinter dem Baumstumpf heraufzusteigen, und zwei schwarze Arme legten sich über Eldreds Gesicht und bedeckten seinen Kopf und seinen Hals. Er schlug wild mit Armen und Beinen umher, gab jedoch keinen Laut von sich. Im nächsten Augenblick lag er bewegungslos im Gras hinter dem Baumstumpf. Er war allein. Das Buch war auf die Straße gefallen.

Garrett hatte über dem schrecklichen Kampf allen Ärger und alles Misstrauen vergessen, er stürzte nun mit lauten Hilferufen aus seinem Versteck. Im selben Augenblick tauchte zu seiner großen Erleichterung auf dem Feld gegenüber ein Arbeiter auf, der gleichfalls um Hilfe rief. Gemeinsam beugten sie sich über Eldred und versuchten ihn vergebens aufzurichten. Es gab keinen Zweifel darüber, dass er tot war. »Armer Mann!«, sagte Garrett, als sie ihn wieder niederlegten. »Was, glauben Sie, ist mit ihm geschehen?« – »Ich war keine zweihundert Yard entfernt, da sehe ich Squire Eldred hier sitzen und in dem Buch lesen. Wenn Sie mich fragen, so muss es irgendein Anfall gewesen sein. Sein Gesicht sah auf einmal ganz schwarz aus.«

»Ja, so schien es mir auch«, sagte Garrett. »Aber haben Sie niemanden bei ihm gesehen? Vielleicht ist er angegriffen worden?«

»Unmöglich! Niemand hätte sich davonmachen können, ohne dass einer von uns ihn gesehen hätte.«

»Der Ansicht bin ich auch. Nun, wir müssen Hilfe herbeirufen, vor allem den Doktor und die Polizei. Der geb ich dann am besten dieses Buch.«
Man war sich einig, dass hier ein Fall für eine gerichtliche Untersuchung vorlag. Garrett musste als Zeuge in Bretfield bleiben. Die medizinische Untersuchung ergab als Todesursache einen Herzanfall, nicht Erstickung, wenn sich auch auf dem Gesicht und im Mund des Toten etwas schwarzer Staub vorfand. Das verhängnisvolle Buch wurde in Augenschein genommen, ein respektabler Quartband, in Hebräisch geschrieben und offensichtlich nicht dazu angetan, jemanden zu erregen, und sei es auch das empfänglichste Gemüt.
»Mr. Garrett, Sie sagten, dass der Verstorbene unmittelbar vor seinem Anfall ein Blatt aus diesem Buch herausgerissen habe, jedenfalls soweit sie das erkennen konnten.«
»Ja, ich glaube, eines der Vorsatzblätter.«
»Nun, hier ist ein Vorsatzblatt halb abgetrennt. Jemand hat etwas in Hebräisch darauf geschrieben. Würden Sie es sich mal ansehen?«
»Da unten stehen drei englische Namen und ein Datum; leider kann ich aber nicht Hebräisch.«
»Bei den Namen scheint es sich um Unterschriften zu handeln. Sie lauten John Rant, Walter Gibson und James Frost, und das Datum ist der 20. Juli 1875. Kennt jemand hier einen dieser Namen?«
Der Pfarrer, der unter den Anwesenden war, stellte fest, dass der Onkel des Toten, den dieser beerbt hatte, Rant geheißen habe. Als man ihm das Buch reichte, schüttelte er verständnislos den Kopf.
»Das hat nichts mit dem Hebräischen zu tun, wie ich es gelernt habe.«
»Sind Sie sicher, dass es überhaupt Hebräisch ist?«
»Nun ja, ich denke doch … Nein, Sie haben völlig Recht, Sir, das heißt, Sie haben richtig vermutet. Natürlich, das ist ja gar nicht Hebräisch, es ist Englisch, und zwar handelt es sich um ein Testament.«

Nach wenigen Minuten hatte man herausgefunden, dass es in der Tat ein Testament des Dr. John Rant war, das dessen gesamten Besitz, der bis zu diesem Augenblick in den Händen von John Eldred war, Mrs. Mary Simpson vermachte. Die Entdeckung eines solchen Dokuments erklärte natürlich hinreichend Mr. Eldreds Erregung. Warum er aber das Blatt herausreißen wollte, das, so meinte der Leichenbeschauer, sei eine müßige Frage, die durch keine nachträglichen Spekulationen beantwortet werden könne.
Der Traktat Middoth wurde zum Zweck weiterer Untersuchungen vom Leichenbeschauer in Verwahrung genommen, und Garrett erzählte ihm - sozusagen privat - dessen Geschichte und die damit zusammenhängenden Ereignisse, soweit er sie wusste beziehungsweise erriet.
Am nächsten Tag kehrte Garrett zu seiner Arbeit zurück. Auf dem Weg zum Bahnhof kam er nochmals am Schauplatz von Eldreds schrecklichem Ende vorbei, und er konnte es sich nicht versagen, ihn noch einmal in Augenschein zu nehmen, obwohl ihn die Erinnerung an das, was er hier tags zuvor gesehen hatte, selbst an diesem hellen Morgen schaudern machte. Mit einem bangen Gefühl ging er um den Baumstumpf herum. Etwas Dunkles, das da lag, ließ ihn im ersten Augenblick zurückschrecken, doch da es sich kaum bewegte, betrachtete er es etwas näher, und nun erkannte er, dass es ein dichtes, schwarzes Spinnengewebe war. Er stieß vorsichtig mit seinem Stock hinein, da kamen mehrere große Spinnen hervor und verschwanden im Gras.
Im Übrigen wird es dem Leser nicht schwer fallen, sich vorzustellen, wie aus dem Assistenten in einer großen Bibliothek der zukünftige Besitzer von Bretfield Manor wurde, das sich augenblicklich in den Händen seiner Schwiegermutter, Mrs. Mary Simpson, befindet.

Nachwort

Kleine Apologie der Horrorgeschichte

Nur zwei Jahre sind es, die über das Schicksal des Gespensterglaubens in Europa entscheiden. 1765 erscheint in London »Die Burg von Otranto« von Horace Walpole, die erste Horrorgeschichte der Weltliteratur, in der bereits fast sämtliche Register des Genres gezogen werden. Und im Jahr darauf, 1766, veröffentlicht Immanuel Kant in Königsberg seine Streitschrift »Träume eines Geistersehers«, in der er systematisch die Schriften des schwedischen Mystagogen Swedenborg der »wilden und unaussprechlich albernen« Schwärmerei überführt. Die erleuchtete Denkungsart der Aufklärung und das düstere Genre der Horrorgeschichte treten historisch zur gleichen Zeit hervor. Die Annahme scheint nicht weit hergeholt, dass es sich um komplementäre Ereignisse handelt.

Denn erst in dem Moment, da die Aufklärung den Aberglauben – diesen geistigen Restmüll aus dem Mittelalter – ein für alle Mal desavouiert, kann die Literatur sich des Themas bemächtigen. Während die Aufklärung der Tendenz nach alles für vernünftig, der Vernunft zugänglich und ihr unterworfen erklären möchte, wittert der ansonsten zweitrangige Autor Walpole auf geniale Weise das Bedürfnis der Leser nach dem, was ihnen abhanden gekommen war. Das Bedürfnis der Menschen nach Unerklärlichem wuchs proportional zur Erklärungssucht der Wissenschaft, deren Unbefugtheit vor den letzten Fragen allerdings bis heute keinem Zweifel unterliegt: Was das Leben ist und was der Tod, davon weiß sie nur zu sagen, was sich beschreiben lässt. Die Horrorgeschichte hingegen beschreibt, was sich nicht wissen, nicht glauben, nicht ertragen lässt: Sie stellt surrealistisch die Welt auf den Kopf

und fordert vom Leser die Angst ein, die ihm die Aufklärung hat austreiben wollen.
Ähnlich wie die Kriminalgeschichte sieht sich die Horrorgeschichte mancherlei Vorbehalten ausgesetzt, die weniger ästhetisch als vielmehr moralisch motiviert sind. Diese Bedenken gipfeln etwa in dem Argwohn, ob nicht Autor und Leser von Horrorgeschichten mit dem darin dargestellten Grauenerregenden selbst sympathisierten, und ob dies nicht moralisch verwerflich sei. Darauf ließe sich antworten: Sollen wir Menschen, wir Autoren und Leser, angesichts einer Welt, die zum Teil aus Grauen und Elend besteht, uns nur mit Heilerweltsthemen beschäftigen? Ist die Ausblendung des Grauens nicht moralisch mindestens ebenso fragwürdig?
Aber im Grunde gehen beide Frageweisen, da sie moralische Kategorien am falschen Objekt anwenden, an der Wirkungsstruktur und damit am Wesen der Horrorgeschichte vorbei. Das Zentrum des Erlebens, das Vergnügen, das die Lektüre einer Horrorgeschichte bereitet, liegt nicht im Grauen selbst, sondern in einer Rezeptionsbedingung begründet, auf die schon Hans-Georg Gadamer hingewiesen hat, nämlich darin, dass sich der Leser eines Textes seiner Situation als Leser stets bewusst bleibt. Ich möchte dies an einem für unser Thema erhellenden Gedankenexperiment demonstrieren. Jeder von uns kennt die Situation, in einem Albtraum gefangen zu sein. Nichts erlaubt dem Bewusstsein des Träumenden, dem unsäglichen Geschehen zu entfliehen. Und selbst der Erwachende leidet zunächst noch unter der Bedrückung des Erlebten, bis er mit einem Seufzer der Erleichterung für sich festzustellen beginnt, dass es sich nur um einen Albtraum gehandelt hat. Doch eben diese Erleichterung, die Beglückung durch das Wissen des Entronnenseins, ist das Moment, das die ästhetische Wirkung – Grauen, Schrecken, Angst – begleitet und dem Entsetzen in der Horrorgeschichte ein gewisses Maß an Genuss verleiht. Und zwar ist dieser Genuss der Angstentlastung umso größer, je deutlicher der Text den Leser in seinen Bann zu ziehen vermag, und das heißt je mehr er das begleitende

Wissen um die bloße Lesesituation zurückdrängt. Ich bin mir – um auf das Gedankenexperiment zurückzukommen – ziemlich sicher, dass wir Albträume, in denen wir uns als träumend erkennen könnten, als überaus interessant und lehrreich, wenn nicht gar als lustvoll empfinden würden.

Wie nah sich die inneren Triebfedern der Aufklärung und der Horrorgeschichte sind, zeigt sich unter anderem daran, dass Kant in seiner erwähnten Streitschrift und Edgar Allan Poe in der hier vorliegenden Erzählung »Lebendig begraben«, die für das Horrorgenre als programmatisch gelten darf, auf verblüffende Weise den gleichen Argumentationsmustern folgen: Kant, um das Phänomen der übersinnlichen Wahrnehmung vernunftgemäß – als Traum, Wahn, Krankheit – zu analysieren, Poe, um den Leser mit den Kategorien der Vernunft in Sicherheit zu wiegen und ihn dann doch auf das Glatteis des Schreckens zu führen. Manche Passagen des Kant'schen Texts könnten zumindest dem Inhalt und der Gedankenführung nach unmittelbar aus Poes Erzählung stammen: »Wenn man nach vollbrachtem Schlafe mit einer Gemächlichkeit, die einem Schlummer nahe kommt, und gleichsam mit gebrochnen Augen die mancherlei Fäden der Bettvorhänge oder des Bezuges oder die kleinen Flecken einer nahen Wand ansieht, so macht man sich daraus leichtlich Figuren von Menschengesichtern und dergleichen.« Und an anderer Stelle: »Ferner siehet man daraus auch, dass, da die Krankheit des Phantasten nicht eigentlich den Verstand, sondern die Täuschung der Sinne betrifft, der Unglückliche seine Blendwerke durch kein Vernünfteln heben könne; weil die wahre oder scheinbare Empfindung der Sinne selbst vor allem Urteil des Verstandes vorhergeht, und eine unmittelbare Evidenz hat, die alle andre Überredung weit übertrifft.«

Keine Erzählung könnte denn auch genauer die Statthalterschaft repräsentieren, welche die Horrorgeschichte in der aufgeklärten Welt einnimmt, als »Lebendig begraben« von Edgar Allan Poe. Mit den Gespenstern, Werwölfen und Doppelgängern, die die Aufklärung ins harmlose Wachsfigurenkabinett der Phantasie verbannte, hat sie nicht nur die Personifikation des Todes, jenen Sensenmann und zudringlichen Galan aus den alten Totentänzen, sondern zugleich das Phänomen des Todes selbst im Alltagsbewusstsein mit einem Bann belegt. Dieser Verdrängung gebieten die Geschichten des Horror-Genres mit ihrem Beharren auf Angst und Schrecken, auf böse Geister und unerlöste Seelen Einhalt. Die Horrorgeschichte ist das *memento mori* der modernen Welt.

Andreas Nohl

Zu den Autoren

Edgar Allan Poe (1809–1849), Sohn einer Schauspielerin, wuchs als Waise in der Kaufmannsfamilie von John Allan in Richmond auf, der ihn nach Unregelmäßigkeiten auf der Universität verstieß. Poe schlug sich daraufhin als Soldat, nach dem Gewinn eines Literaturwettbewerbs als freier Autor durch. Seine Lebensstationen waren unter anderem England (noch als Kind), New York, Philadelphia, Boston. Er wurde Mitarbeiter und Chefredakteur verschiedener Magazine, die er teilweise zu sensationellen Erfolgen führte, ohne dass er angemessen daran beteiligt wurde. Seine labile Konstitution verführte ihn immer wieder zu exzessivem Alkoholgebrauch – Feinde von ihm wussten sich dies zunutze zu machen –, und schließlich verendete er buchstäblich in der Gosse in Baltimore. Poe hatte als Kritiker, Dichter, Erzähler und Dichtungstheoretiker *(Die Philosophie der Komposition)* neue Maßstäbe gesetzt. Der französische Dichter Charles Baudelaire war es, der ihn für Europa entdeckte und seinen Weltruhm begründete. *Lebendig begraben*, Neuübersetzung.

Ambrose Bierce (1842–1913 verschollen), amerikanischer Erzähler, aus Ohio stammend, meldete sich nach bedrückender Jugend als Freiwilliger zum Sezessionskrieg, wo er zum ersten Chronisten des industriell geführten Krieges wurde. Die Erfahrung des Todes wurde zum bestimmenden Thema seines Schreibens (berühmtestes Beispiel: *Ein Ereignis an der Owl-Creek-Brücke*). Lebte einige Jahre in London, ging nach privaten und literarischen Rückschlägen 1913 nach Mexiko, wo er in den Wirren des Bürgerkriegs verscholl. *Das verbarrikadierte Fenster*. – © Langewiesche-Brandt, Ebenhausen.

Mary Cholmondeley (1859–1925), englische Romanautorin, litt von Kindesbeinen an unter einer schwachen körperlichen Konstitution, errang mit ihrem moralisierenden Roman über die englische Mittelklasse *Red Pottage* zwischenzeitlichen Ruhm, lebte zurückgezogen und am Ende ihres Lebens schwer krank in London. *Losgelassen*.

Saki (d. i. Hector Hugh Monroe, 1870–1916), schottischer Romancier und Kurzgeschichtenautor, geboren in Burma, arbeitete als Korrespondent auf dem Balkan, in Russland und Paris, bevor er sich in London als Autor grotesk-humorvoller, bissiger und unheimlicher Geschichten niederließ. Er meldete sich als Freiwilliger zum ersten Weltkrieg, wo er bei dem Angriff auf Beaumont-Hamel fiel. *Die offene Tür*. - © Langewiesche-Brandt, Ebenhausen.

William Mudford (1782–1848), schottischer Schriftsteller, Kritiker und Übersetzer. Schrieb für *Blackwood's Edinburghe Magazine* eine Reihe anonymer Aufsätze und Erzählungen, von denen die hier vorliegende (erschienen 1832) die bekannteste ist. *Das eiserne Leichentuch*.

Richard Middleton (1882–1911), englischer Dichter und Erzähler, warf nach sechs Jahren als Angestellter einer Versicherungsfirma seinen Job hin und schloss sich der Londoner Autorengruppe *The Bohemians* an, wo er G. K. Chesterton, Hilaire Belloc und Arthur Machen kennen lernte. Zuweilen in bitterer Armut lebend, huldigte er einem romantisch verklärten Künstlerbild. Sein Werk fand erst posthum die ihm gebührende Anerkennung. *Auf der Landstraße*. Aus dem Englischen von Peter Naujark, aus: *Gespenster*. Hg. Mary Hottinger. - © der deutschen Übersetzung 1956 by Diogenes Verlag AG, Zürich.

Bram Stoker (1847–1912), irischer Romancier und Erzähler, geboren in Dublin, kränkelte als Kind und wurde dann der erfolgreichste *football*-Spieler der Dubliner Universität. 27 Jahre lang arbeitete er als Manager des Schauspielers Henry Irving. Sein Roman *Dracula* (1897) machte ihn weltberühmt. *Das Haus des Richters*, Neuübersetzung.

Edwin Lester Arnold, über den Autor ist nur bekannt, dass er zwischen 1890 und 1901 historische Romane schrieb und um die Jahrhundertwende Mitarbeiter des *Chamber's Magazine* war. *Eine entsetzliche Nacht*.

Perceval Landon (1869–1927), englischer Anwalt und Journalist, dessen *Thurnley Abbey* zu den meistgelesenen Horrorgeschichten gehört. Er veröffentlichte nur einen Band mit Kurzgeschichten - *Raw*

Edges – Studies and Stories of These Days (1908) –, dem auch unser Text entnommen ist. *Das Ende der Strecke.*

Montague Rhodes James (1862–1927), Rektor des King's College in Cambridge und später von Eton, gilt als einer der einflussreichsten Autoren von Horrorgeschichten im 20. Jahrhundert. *Der Traktat Middoth.*

Der Herausgeber und der Verlag danken den Verlagen und Rechteinhabern für die Überlassung der Übersetzungs- bzw. Abdruckrechte. Der Reclam Verlag Leipzig hat sich um die Einholung der Rechte nach Kräften bemüht.